Jan Philipp Zymny

Hin und zurück – nur bergauf!

Prosa bei Lektora

Bd. 32

Jan Philipp Zymny

Hin und zurück – nur bergauf!

Lektora

Lektora, Paderborn

Zweite Auflage 2014

Lektora GmbH
Karlstraße 56
33098 Paderborn
Tel.: 05251 6886809
Fax: 05251 6886815
www.lektora.de

Druck: Standartu spaustuve, Vilnius
Cover: Markus Freise
Illustrationen: Jan Philipp Zymny
Lektorat: Lektora GmbH u. Carina Middel
Layout Inhalt: Lektora GmbH

Printed in Lithuania

ISBN: 978-3-938470-78-7

„Du kannst alles schaffen, wovon du nur träumst, vorausgesetzt es ist nicht zu schwierig."
- Quichotte

Für meine Eltern, meine Schwester und meine Freunde, dafür, dass sie jeden Text dreimal unfertig ertragen haben.

Danke, Leute!

Inhalt

Aus der Reihe: „Real Outsider Art" – I

Orang-Utan-Haiku

Ugh ugh ugh, Ugh ugh.
Ugh ugh Ugh ugh ugh Ugh ugh
Ugh ugh Ugh – ugh Ugh?

Versicherungs-Haiku

Huk, Huk Huk Huk Huk!
Huk Huk Huk Huk Huk Huk Huk.
Huk Huk, Huk Huk, Huk.

Keks-Haiku

Tuc Tuc Tuc Tuc Tuc,
Tuc Tuc; Tuc Tuc Tuc Tuc Tuc.
Tuc Tuc Tuc Tuc Tuc!

Platz für deinen ganz persönlichen Haiku:

Das Klassentreffen

(Mein erster <u>für einen Slam</u> verfasster Text)

Ich hasse Klassentreffen. Klassentreffen sind böse. Klassentreffen hat sich der Teufel in einem Anflug blanker Bösigkeit ausgedacht ... ja, Bösigkeit. Die ist viel böser als die normale Boshaftigkeit, weil auch noch die Grammatik scheiße ist.

Alle kommen sie auf Klassentreffen: Hausfrauen, Bürokaufleute und Informatiker, Pullunder, Hornbrillen und Cordhosen, soweit das bebrillte Auge reicht.

„Versager-Parade!" und „Spießer-Auflauf!" schrie ich in den Raum ... Nee, hab ich nur gedacht. In Wahrheit grüßte ich freundlich nach links und rechts und zog heimlich meine Cordhose höher.

Da, plötzlich sah ich meinen alten Klassenkameraden Peter Stellmann. „NERD! LOSER! STREBER!", ... hab ich gedacht. „Hallo, Peter, schön, dich zu sehen", hab ich gesagt.

Kennen Sie das? Sie waschen eine ganze Ladung Socken, dann legen Sie sie zusammen und Sie freuen sich richtig, weil Sie denken, dass es dieses Mal alle geschafft haben. Doch dann kommen Sie zum letzten Paar und merken, dass genau eine Socke fehlt?

Als Peter auf mich zukam, wünschte ich mir, ich wäre diese eine Socke, die glückselig in die Freiheit entkommen ist. Ich nenne das den „Sockenwunsch“.

Vielleicht sollte ich dazu sagen, dass Peter in der Schule so was wie der König der Streber gewesen war und sich bis heute kein bisschen verändert hatte. Durch seinen Latein-LK hatte er zwar den Pisa-Schnitt für Deutschland gehoben, aber er wohnte seit der Grundschule in Mamas Keller, spielte „Wörld of Warkraft“ und trug Pullunder, Cordhosen und eine Hornbrille mit mindestens 1.000 Dioptrien.

Ich hab ja eigentlich nichts gegen Streber oder Brillenträger, aber Peter war ein Klischee auf zwei Beinen. So kam er auf mich zu als einer von den Versagern, die nur aus Büchern wissen, wie man lebt, und bei Alkohol an C_2H_6O denken. Kennen Sie das, wenn man manchmal bei so gewissen Leuten denkt: „Shut the fuck up!“, noch bevor die den Mund aufmachen?

Peter kam immer näher. Ich ahnte, worin das ausarten würde, aber ich konnte nicht mehr fliehen, ich hatte ihm schon Hallo gesagt, dann war er da und das Gespräch nahm seinen Lauf. Peter schaffte es gerade noch, mir zu erklären, dass er in der Windelforschung arbeitete, dass das ein Knochenjob sei, weil das auch ganz schön stinke, dass die kleinen Scheißer die Windel „beladen“ und nicht vollkacken, dass das alles viel interessanter sei, als man sich das vorstelle, und dass so ein Popo auch Bedürfnisse (und Ansprüche) hätte, bevor meine Selbstmordgedanken ihn zum Schweigen brachten.

Kennen Sie das? Sie haben keine Lust, ich meine, wirklich überhaupt gar keine, nie und nimmer, so was von kein bisschen Lust, mit dem Gegenüber zu reden, so sehr, dass seinen Kopf gegen eine dicke, graue, harte Betonwand zu schlagen als Alternative zum Gespräch langsam immer attraktiver wird. Peter sabbelte und ich dachte an Betonwände mit roten Flecken.

Plötzlich aber wurde es still und er sah mich fragend an.

Oh, verdammt, ich hatte ihm natürlich nicht zugehört und er hatte mir offensichtlich eine Frage gestellt. Was mach ich jetzt? Okay, ganz ruhig, meine Chancen, richtig zu antworten, liegen bei etwa ... 1 : 1.000.000. Wie wahrscheinlich war es, dass er mich nach meinem Beruf gefragt hatte? Ich zuckte mit den Schultern und Peter ... redete weiter. 1 : 1.000.000 ... und ich hatte richtig geraten ... YES!

Doch nach etwa einer halben Stunde wurde es schwierig, die Konzentration auf die Selbstmordgedanken aufrechtzuerhalten, so dass sich Peters Gebrabbel mit meinen Gedanken vermischte: „Meine Mutter ... sich von einer Klippe gestürzt ... und dann habe ich die Windel ... mit einem festen Hanfseil am Dachbalken erhängt. Mein Asthma-Spray ... von Pferden bis zum Tode auseinandergerissen, wobei ich meinen Keller ... in tausend winzige Fetzen gesprengt habe und bei der Arbeit ... einfach nur sterben, bis ich tot bin.“

Der Abend kam dann doch noch zu einem erfolgreichen Ende, denn als Peter begann seine Allergiemittel aufzuzählen, habe ich, ohne ihn unterbrechen zu wollen, ausprobiert, ob sich sein Asthma nicht durch Ertrinken in der Punschschüssel heilen lässt.

... Kennen Sie das?

Keine Hobbys

Mir ist oft langweilig ... besonders beim Schlafen. Und damit es mir nicht zu langweilig wird, habe ich zwei Strategien, um mich zu beschäftigen.

Erstens: Ich mache Unsinn, aber dann fragen die Leute immer, ob ich keine Hobbys hätte, und dann muss ich „Im Moment nicht“ sagen, und das ist peinlich. Und zweitens: Ich suche mir ein Hobby. Ich suche mir häufig Hobbys. Meistens immer genau dann, wenn mir das Alte zu langweilig geworden ist.

Ich hab schon viele Hobbys gehabt ... Ich bin ein Hobby-Nomade. Und davon handelt dieser Text.

Einmal, das war ein sehr kostspieliges Hobby, da hab ich fünf Wochen lang jeden Tag zum Frühstück ein Fabergé-Ei gegessen, aber dann hab ich eine Eiweiß-Intoleranz entwickelt und musste das aufgeben.

Danach sammelte ich türkische Schnauzbärte ... die sind nicht selten, aber schwierig zu bekommen ... „ernten“ nennt man das im Fachjargon. Als ich irgendwann zu oft bei der Ernte verhauen wurde, brachte ich mir selbst das Perückenknüpfen bei und verwertete die Reste meiner beachtlichen Schnauzbartsammlung zu pieksigen Perücken, die ich, großherzig wie ich nun mal bin, im Krankenhaus und an Igel ohne Stachel verteilte. Oder ich verkaufte sie einfach zu überzogenen

Preisen an Türken mit nackter Oberlippe zurück ... Ich bin aber auch ein Schlawiner.

Der Schlawiner brachte mich auf die Idee, neue Geflügelwürste für „Gutfried" zu entwickeln. Als ich die neue Gutfried-Diätwurst mit 0 % Fett, 0 % Zucker und 0 Kalorien vorstellte, wurde ich entlassen.

Eigentlich war sie, wie ich finde, eine geniale und stimmige Weiterentwicklung der firmeneigenen Produkte, aber der Vorstand konnte sich nicht mit einer Wurst anfreunden, die nur aus einem aufgepumpten Plastikdarm bestand.

Aus Trotz gründete ich darauf meine eigene Geflügelwurstfirma und nannte sie „Gutkrieg". Wir produzierten Geflügel-Würste für echte Männer, denn unsere Würste bestanden halb aus Rindfleisch, halb aus Schweinefleisch und halb aus Elefantenfleisch. Geflügel hatte da drin überhaupt nichts verloren. Das Einzige, was Geflügel mit unserer Wurst zu tun hatte, war, dass es an unser Schlachtvieh verfüttert wurde.

Die Tiere wurden bei Gutkrieg so schnell geschlachtet und in ihre eigenen Därme gepresst, dass es „Muhoinktörö" macht, wenn man die Wurst aus der Packung holt!

Unser Werbeslogan war: „Mit Gutkrieg geht's uns BLUT!", und der wurde nicht von Johannes B. Kerner präsentiert, sondern von Chuck Norris!

Weicheier, die die Burger King Mancademy überstanden hatten, wurden in unseren Schlachthäusern zu richtigen Männern erzogen! Weiterbildung nennt man das.

Na ja, als dann immer mehr Leute nach dem Verzehr der Gutkrieg-Geflügel-Wurst am Herzkasper gestorben sind, haben wir zuerst scherzhaft unseren Slogan in „*Tritratrullala, der Kasperle ist wieder da*" geändert und dann all unsere Fabriken dicht gemacht.

Das hat zwei Dinge ausgelöst: erstens die Finanzkrise und zweitens Langeweile bei mir.

Also fing ich irgendwann an, Betrunkene in falsche Züge zu setzen.

„Du siehst aber ganz schön fertig aus. Has' wohl ordentlich gefeiert, wie?"

„Jaaah, und Party gemacht hab ich auch."

„Cool. Und jetzt noch nach Hause? Wohin musste denn?"

„Humptbahnhof."

Was die betreffende Person sagt, spielt überhaupt keine Rolle, denn jetzt muss man in die Bresche springen.

„Warum? Nimm doch lieber den Zug nach München auf Gleis 3, der kommt auch gleich."

„Das is eine gute Idee. Ich mag dich. Du bist mein bester Freund."

Das Beste daran ist, wenn die Opfer in der Türe stehen, „Danke" sagen, die Türe sich schließt, der Zug losfährt und wir uns beide noch etwas zuwinken …

Später reichte mir das nicht mehr und ich begann, auf der Straße alte Frauen anzusprechen.

„Guten Tag, darf ich Ihnen über die Straße helfen?"

„Ja, bitte, das ist aber sehr liebenswürdig von Ihnen."

„Ist doch Ehrensache."

„Moment ... wo bringen Sie mich hin? Das ist doch nicht die andere Straßenseite."

„Ich bringe Sie zum Zug."

„Aber warum denn? Ich will doch nur ..."

„Pssscht! Ich weiß das besser, was du willst, Oma ... und jetzt rein in den Zug."

„Was soll ich denn hier?"

„Du trittst deine letzte Reise an, Oma. Viel Spaß. Muhahahaha!"

Alte Menschen sind so herrlich wehrlos ...

Aber auch das war irgendwann nicht mehr genug und darum probierte ich eine andere Methode aus. Ich verlagerte meinen Aktionsbereich in die Züge, und weil ich so viel mit alten Menschen zu tun hatte, habe ich mir ihre Verhaltensweisen antrainiert, indem ich wochenlang morgens in Tchibo-Cafés herumhing.

Immer wenn sich die Türe öffnete, begrüßte ich die einsteigenden Fahrgäste mit: „He! Ihr Drecksbälger! Runter von meinem Rasen! Dat gibbet ja wohl nich! Wehrdienstverweigererfeiglinge!"

Jetzt hab ich wieder ein neues Hobby. Ich schreibe seltsame Texte und lese sie einem Publikum vor, das am Ende entweder ziemlich verwirrt guckt oder die Hände in klatschenden Bewegungen ruckartig gegeneinander führt.

Letzteres ist gar nicht so schwierig, probiert es doch mal aus und macht es vielleicht zu eurem neuen Hobby …

Eugen-Jonathan

„Eugen-Jonathan! Deine Tofu-Schnitzel sind halb gar!"

Eugen-Jonathan, natürlich mit „th" und Bindestrich, wie es sich gehört, war allergisch gegen Fleisch ... und Durchgebratenes.

Kurz kann man sagen, dass er allergisch auf alles war, was gut schmeckt oder groß und stark macht. So blieb Eugen-Jonathan schwach und klein.

Schon damals, als er auf die Welt kam, war er so schwach wie jemand, der seine besten Zeiten weit hinter sich gelassen hat. Ein sehr alter Mann zum Beispiel. Und tatsächlich erinnerte seine ganze Gestalt an einen Alten, denn Eugen war schrumpelig, haarlos und hatte keinen Zahn mehr im Mund.

Als er geboren war, erschrak der Arzt und sagte: „Entschuldigung, mein Herr, Sie sind hier falsch. Dies ist der Kreißsaal; zum Hospiz geht es dort entlang."

Seine Mutter bekam noch einen Klaps auf den Po und dann wurde er auf die eigenen Füße gestellt.

Von Anfang an wollte seine Mutter ihm Selbstständigkeit vermitteln, auch, damit sie sich nicht um ihn kümmern musste. Auf diese Weise lernte Eugen-Jonathan schnell, eben diese seine

Füße zu gebrauchen, von seinem Gehirn kann man das allerdings nicht behaupten.

Bald war klar, dass er die Grundschule nicht schaffen würde und sie wiederholen müsste ... von vorne.

Sein Vater aber war Akademiker und wollte das nicht auf sich sitzen lassen. Er nahm den zehnjährigen Eugen-Jonathan beiseite und sprach ein ernstes Wort mit ihm:

„Sohn, in Deutschland gibt es, wie du weißt, immer weniger Akademiker und die bekommen auch noch immer weniger Kinder! Deutschland gehen also die Akademiker aus. Wir müssen also, ja, man könnte sagen, wiederaufforsten und Junge, wenn der Sohn des Professors für Infinitesimal-Biologie und sechsdimensionale Quantenkochkunst an der Uni Heidelberg, mein Sohn, seinen Grundschulabschluss verhunzt, dann ist das nicht gerade das, was Deutschland von seinen Akademikern erwartet! Dafür züchtet man nicht, Sohn! Oder um in der Metapher zu bleiben: Eugen-Jonathan, du zerstörst den deutschen Wald! Willst du das? Ich frage dich, willst du das?!"

Der Vater zog ihn an den Ohren, dass sie lang wurden, und da sprach Eugen seinen ersten vollständigen Satz: „Papa, du Arsch, verzieh dich!" Und das tat der Vater, so was wollte er sich nicht gefallen lassen.

Von da an war seine Mutter alleinerziehend und Eugen-Jonathan blieb ohne männliche

Bezugsperson zurück. Während der Pubertät führte das zu einigen Verwirrungen.

Aus Trotz legte er sich mehrere Allergien zu und wuchs erst sehr langsam, dann aber ... noch langsamer.

Er hatte Probleme in der Schule, denn er legte recht seltsame Attitüden an den Tag. So hatte er sich angewöhnt, viel mehr Xe als benötigt in seine Texte zu schreiben und diese auch noch doppelt so groß wie die übrigen Buchstaben in feinster Kalligrafie zu zeichnen.

Als seine Lehrerin ihn fragte, warum er das tue, antwortete Eugen-Jonathan, er sei überzeugt, dass ein Buchstabe, der von der deutschen Sprache so vernachlässigt werde, ein gewaltiges Geltungsbedürfnis und bestimmt Minderwertigkeitskomplexe haben müsse, und er wäre gern bereit, dies zu kompensieren.

Seine Lehrerin antwortete, dass er ja schon immer anders gewesen sei, gab ihm aber eine 2 für Fleiß.

Außerdem war er in Bio schlecht. Aber da konnte er nichts für, denn er war ein Stadtkind und dachte, dass eine Rinderweide ein Baum sei. Um sich in diesem Bereich weiterzubilden, wechselte er in der neunten Klasse auf eine Baumschule.

Eugens Mutter hätte das alles vermutlich in den Wahnsinn getrieben, hätte sie sich nicht ins Internet geflüchtet.

Sie unterhielt dort eine Liebschaft mit einem kroatischen Pop-Sänger zwecks virtueller Fortpflanzung.

„Eugen-Jonathan, wenn ich dich noch einmal rufen muss, dann brate ich dein Tofu-Schnitzel ganz durch!" Seine Mutter hatte schon zum zweiten Mal gerufen. Jetzt musste er spuren, sonst müsste er neben verbranntem Tofu auch soziale Strafen fürchten wie Hausarrest oder Fernsehverbot.

Eugen durfte pro Tag 4,8 Minuten fernsehen, so hatte er nach fünf Werktagen eine Folge seiner Lieblingsserie zusammen.

Beim Essen rebellierte Eugen-Jonathan ein bisschen, er wollte statt seiner Holzspielzeuge schöne, neue Spielsachen haben; am liebsten etwas Bleihaltiges aus China, einen Mega-Ranger oder einen Extremdinosaurier oder ein iPhone.

Seine Mutter verbot es. Da rastete Eugen-Jonathan völlig aus, warf zornentbrannt wie ein kleiner Berserker seine Arme durch die Luft und schrie: „Och, manno".

An diesem Punkt wurde es seiner Mutter zu bunt. Solche Ausdrücke konnte sie bei Tisch nicht ertragen: „Zügle dich, Eugen-Jonathan, sonst entfällt dein Violin-Unterricht!"

Ach, der Violin-Unterricht. Seine Mutter hatte keine Ahnung. Er hatte längst seinen Lehrer mit dem Bogen erdolcht, als dieser ihm nichts mehr beibringen konnte. Jetzt war er bei einer

Band namens „Regenbogen“ und die spielten richtig gestörten Death Metal.

Eugen-Jonathan zügelte sich und kletterte aus seinem Hochstuhl. Er wollte noch seine Facharbeit über das Paarungsverhalten von Fischstäbchen zu Ende schreiben, bevor er zur Regenbogen-Probe ging.

Die Fledermäuse, die er und die anderen dem Satan opfern wollten, quiekten in ihrem Käfig, als er den Raum betrat.

Aber anstatt seine Arbeit zu machen wie ein artiger Junge, warf er sich auf sein Bett, das wie ein Rennauto geformt war, weinte in sein Kissen und trotz seiner Halbglatze fühlte er sich keinen Tag älter als dreizehn.

Verlierer der Evolution I

Täuschungsohreule, die (lat. *tytostrix camouflagus ohrii*): In der Ordnung der Eulen unterscheidet man zwischen der Familie der Schleiereulen (*Tytonidae*) und der der Eigentlichen Eulen (*Strigidae*) sowie der Familie der Uneigentlichen Schleiereulen (*Tytostrigidae*), zu welcher jedoch ausschließlich die Täuschungsohreule gezählt wird.

Sie grenzt sich vor allem durch ihre ausgeprägten, menschenartigen Lauscher ab, die sie bei Gefahr und Bedarf abstoßen kann. Fressfeinde werden durch das Abwerfen der Horcher derart verwirrt, dass der Täuschungsohreule mühelos die Flucht gelingt.

„Können diese Ohren lügen?"
– Künstlerische Darstellung einer gereizten Täuschungsohreule

Aus der Reihe: „Kurz und unangebracht" – I

Reimen in Heimen

Rosen sind rot,
Veilchen sind blau.
Ich hab Alzheimer,
Rosen sind rot.

Auszüge aus dem Tagebuch meiner kleinen Schwester vom Sommer 2008

(Alle Namen wurden geändert, um mich zu schützen.)

Montag:
Jan Philipp ist so ein Arsch! Ich hasse ihn, weil er doof ist. Er nimmt mir immer alles weg! Voll der Doof-Arsch!

Heute habe ich mit Christine gesprochen. Sie ist meine allerbeste Freundin 4 ever hdgdlp3q,8 auf der ganzen Welt.

Ich mag sie aber eigentlich nicht. Sie ist voll die Zicke. Ich hasse sie, aber sie weiß das nicht. Die ist nämlich voll doof, hahaha, ich schwöre, die merkt nix, die Doofe. Christine sagt, sie will was von Torsten. Ich weiß aber nicht was. Vielleicht Lakritze oder ein Butterbrot. Na ja, mach es gut, Tagebuch.

Dienstag, aber drei Wochen später:
Ich will jetzt wieder öfter Tagebuch schreiben, weil ich so viel zu erzählen habe. Es fällt mir aber gerade nichts ein, deshalb schreib ich morgen weiter. Tschüss.

PS: Jan Philipp ist doof und ein Arsch! Ich hasse ihn.

Mittwoch:
Liebes Tagebuch, ich muss weg. Es ist was passiert. Ich schreibe später darüber ...

So, jetzt bin ich wieder da. Es war doch nichts.

Heute hat Jan Philipp mir nichts von seiner Schokolade abgegeben, obwohl ich es ihm befohlen hatte. Eigentlich hat er sogar noch meine aufgegessen.

Ich hasse ihn, weil er doof ist und ein Arsch.

Donnerstag:
Ich habe das Gefühl, dass ich morgen ein Abenteuer erleben werde.

Freitag:
Ich habe kein Abenteuer erlebt.

Sonntag:
Mama und Papa sind auch doof. Bisher waren sie nett, aber jetzt nicht mehr, weil ich Hausarrest bekommen habe.

Ich hasse sie nicht so sehr wie Jan Philipp, aber schon irgendwie total. Ich glaube, ich laufe weg.

Montag:
Ich wollte weglaufen, aber es ging nicht, weil ich ja Hausarrest hab. Kann ich wohl erst am Donnerstag weglaufen.

Dienstag:
Ich will gar nicht mehr weglaufen. Christine hat angerufen. Sie will morgen vorbeikommen. Das wär ja total doof, wenn ich dann nicht da wär.

Wahrscheinlich will sie aber eh nur wieder Barbie spielen, die Doofe. Immer nur Barbie spielen. Ich bin schon viel zu groß dafür.

Ich lese lieber „Effi Briest" von Fontane, auch wenn mich der Poetische Realismus eigentlich nicht überzeugt.

Mittwoch:
Fontane ist doof und ein Arsch. Ich hasse ihn, weil Effi Briest so langweilig war. Er und mein Bruder sollten sich mal treffen. Sie gründen dann wahrscheinlich den Club der doofen Ärsche und schreiben zusammen langweilige Texte. Ich hasse sie.

Donnerstag:
Janine, die Freundin von Christine, ist so dick, dass ihre Eltern dachten, dass sie Vierlinge wird, aber sie ist dann doch nur eine Janine geworden. Sie nickt immer die ganze Zeit. Ich glaube, sie hat Parkinson im Kopf oder so. Janine tut mir schon Leid, aber ich hasse sie, weil sie doof ist. Das war es eigentlich ... Nein, halt, doch nicht! Jan Philipp ist ein Arsch und doof, weil ich ihn hasse.

Freitag:
Liebes Tagebuch, rate mal, wer doof und ein Arsch ist ...! Genau! Ins Tagebuch schreiben ist so cool. Keiner soll hier reingucken. (Upps!)

Spätsommer:
Hilfe! Hilfe! Tagebuch, ich stelle mir vor, dass mein Gehirn gasförmig ist! Jetzt habe ich jedes Mal, wenn ich niese, Angst, dass ich den Verstand verliere!

...

Hier enden die Aufzeichnungen.

Ode an den Döner

Oh, Döner, du! Nur dir zu Ehren
Will ich dich heut verzehren
Zuvor, du König aller Fleischgerichte
Ach, lausche, wie ich dich bedichte:

Wie Yin und Yang harmonieren
In dir die Pflanzen mit den toten Tieren.
Und doch, wie könnt' es anders sein
Die Soße passt auch noch hinein

Selbst wenn man ihn verstümmelt
Und nur noch an dem Fladen mümmelt
Den Döner ganz entkernt
Und all die Zutaten entfernt
Ach, wenn auch mit zitternden Händen
Könnt' man ihn noch als modisches Mützchen
verwenden

Doch treibt mich jene alte Plage:
Scharf oder nicht scharf?! Das ist hier die Frage!

Anti-Ode an den Döner

Ach, Döner, garstiger – du Sack!
Du und der ganze Kebab-Kack!
Ach, und die vielen, vielen Ahnen!
Wie sollte ich es wissen, planen?
Ich habe nicht daran gedacht
Doch ihr – ihr habt mich fett gemacht!
Du, Döner! Blöde Kuh!
Ich hasse du!

(An dieser Stelle hab ich die Grammatik nicht nur des Reimes wegen etwas angepasst, sondern auch, um meine unfassbare Wut auszudrücken!)

Du dummes Schwein!
„Ähm, das kommt in die Döner nicht hinein."
Schnauze!
Seinetwegen hab ich so 'ne Plauze!
Ade, verpiss dich, ich hab dich verpetzt
Ans Gesundheitsamt und durch Currywurst
ersetzt!

Entschuldigung an den Döner

Ja, sorry, du, ne?
Das war echt nicht so gemeint.
Hat sich halt einfach gereimt.

Fieber

Maschinen, die in perversen Träumen
Maschinen erschaffen, die Maschinen erschaffen,
die Maschinen erschaffen
Menschen, die in tagwachen Träumen
Maschinen bedienen, die Menschen bedienen,
damit diese demütig weiter Maschinen bedienen
Menschen, die sich in Maschinen kleiden
nackt, einander fremd und zu virtuellen Götzen
betend an tragbaren Altären
Maschinen, dich sich als Menschen verkleiden,

Um zu sparen: Zeit und Kosten und Personal –
und die in Maschinen gekleideten zu empfangen
Sie bauen Maschinen, die alles leichter machen,
weil niemand sich gerne bemüht.
Sie bauen Maschinen, die alles perfekter machen,
weil niemand gerne etwas richtig macht.
Sie bauen Maschinen, die alte Methoden
nachahmen,
Weil es nur dann den nostalgischen Charme hat.
Sie bauen Maschinen, die kleine Fehler machen.
Weil den Dingen sonst die Menschlichkeit fehlt.

Dann bauen sie Maschinen,
die wie Menschen sind.
Dann bauen sie Menschen.
Wahnsinnige Apostel der Maschinerie!

Über den Äther das Opium des Volkes
Über den Äther die Nekromantie
Durch den Draht die Gefühle der Jugend
Durch den Draht die Illusion

Über den Äther und durch den Draht
Über den Äther und durch den Draht

Arbeiten, Fressen, Kacken und Ficken,
Fossile dessen, was Leben war
Den Rest der Zeit Totzeit:
Schlaf und Droge

Was hat denn noch einen Wert, wenn man sich
für nichts mehr interessiert?

Über den Äther und durch den Draht
Über den Äther und durch den Draht

Selbstdarstellung, Neuerfindung, Verschleierung
und süße Anonymität
Aus dem Lehm des alten formt sich der neue
Mensch
Der optimiert nur in Nullen und Einsen existiert
Unecht und plastisch

Was hat denn noch einen Wert, wenn man alles
sofort haben kann?

Über den Äther und durch den Draht
Über den Äther und durch den Draht
Wertlos die Menschheit
In ihrer selbstverschuldeten Unmündigkeit
durch die Maschine

II

Söhne des Sisyphos
Rollende Steine
Emsige Malocher
Im müßigen Takt.
Wozu?
Das letzte Hemd hat keine Taschen.
Zum Schluss sind alle nackt.

Ritter des Vergeblichen
Blinde Thomasse
Gefangene der Hydra
Parasitärer Bürokratie.
Egal!
Hütet weiter die Herde von Schäfern
Ihr selbst seid das Vieh

Denn:
Eherne Ziele rosten schnell
Wenn 30 Silberlinge klingen!
Goldene Ideale werden zu Blei
Dank der Alchemie der Macht!

Verrat und Rache und Brudermord
Für nichts, das bleibt
Reitet weiter das tote Pferd rückwärts
Tragt weiter die Schuld zusammen und die
Ernte allein

III

Ich komm mir einsam vor
Weil schüchtern und dumm.
Umgeben von Leuten, die ich gern mag
Und liebe und brauche
Unfähig, dies zu zeigen
Weil schüchtern und dumm.
Ich stehe da und fresse mich von innen selbst auf.

Einsam! Einsam! Einsam!
Jeder Mensch einsam
Sieben Milliarden einzelne Menschen
Die sich einsam vorkommen!
Obwohl die meisten das gleiche Schicksal teilen
Hält jeder sich für eine einzigartige Schneeflocke
Und vergeht daher genau wie dieselbe
In zwischenmenschlicher Wärme.

Sediert vom Suhlen im Selbstmitleid
Schläfrig süß, sanft entschlummernd
Klebrig in Kitsch und Klischee vergangener
Krisen:

„Ich will dir deine Lippen küssen! Vielleicht
hängt noch ein wenig Gift daran!“

Pathos und Poesie
Leidenschaft und Tragik
Zuneigung und Empfindsamkeit
Und andere große Worte, die nichts bedeuten,
aber schön klingen!
„Die ganze Schiffsladung sensibler Scheiße!“
Kriegen wir uns doch allesamt mal ein!
Wir sind doch **alle** depressiv
Weil wir damals zu Weihnachten das Falsche
bekommen haben!

Ich gefalle mir in meiner bedeutungslosen
Verzweiflung
Berausche mich an meiner eigenen Traurigkeit.
Sentimentale Masturbation.
Fiebrige Illusionen.

IV
„Für K.“

Im Regen unter einer Straßenlaterne zu stehen
und die Nacht anzuheulen
Ist genau der Bullshit, von dem ich gerade
gesprochen habe, aber ...
Verdammt! Es fühlt sich gut an!

Und wenn du sagst,
dass du verantwortungslos warst
Und dass das nichts werden kann mit uns
Und mich aber eigentlich magst

Dann muss ich leider
ein klein bisschen zu dem werden
Was ich gerade so verteufelt habe.

Aber mach dir keine Sorgen um mich,
Denn Fieber geht vorbei ...

Ballade vom pekuniär beeinträchtigten Agrarwirt, seiner ehelich verhafteten Lebensabschnittsgefährtin und einer Kuh

(Ein Text zum Mitmuhen)

Nachts liegt der ganze Hof im Stillen.
Draußen auf dem Feld, da zirpen nur die Grillen.
Und in der warmen Sommerluft
Die im Stalle riecht und mufft
Macht die einz'ge letzte Kuh
Dort im Stall ganz leise: „Muh".
Das meiste Rind ist fort, der Bauernhof zerfällt
Denn dem Besitzer fehlt nun mal das Geld.

In diese nicht mehr ganz so heile Welt
Tritt der Bauer, und der hält
Dort in seiner Hand
Verborgen im Gewand
Ein rostig-scharfes Eisenrohr.
Was hat er wohl mit diesem vor?
Das fragt sich die allerletzte Kuh
Und macht ganz leise zweimal: „Muh. Muh."

Seine Absicht, die erkennt sie nicht
Doch im ersten Stock, da brennt noch Licht.
Es ist des Bauern liebe Frau
Und der Bauer weiß genau
Auch wenn ihm die Lösung nicht Geheuer
Die Alte kommt ihn einfach viel zu teuer.

Sein Hof ist Schrott und er bankrott.
Und darum hat es keinen Zweck
Die Bäuerin muss weg!
Und jetzt hält er grad das Eisenrohr.
Es gibt Zufälle, die kommen vor.
Zügig überquert er den Hof
Aber im Stall die Kuh, die ... guckt nur doof!

Schon steht der Mann im Schlafgemach
Und ohne großes „Weh!“ und „Ach!“
Sondern einfach mit ’nem *Plock!*
Steckt der Frau der Pflock im Kopp!
Diesem sah die Kuh von draußen durch das
Fenster zu
Und macht erstaunt ganz leise: „Muh.“

Doch das hat der Bauer mitgekriegt
Worauf er den Hals verbiegt.
Dann schaut er mit dem Äuge:
Wo steht er denn? Der Zeuge?
Schon hat er die Kuh erkannt
Und seine Waffe in der Hand.
Er stellt sich vor die Kuh
Er sagt verbittert: „Du!“
Worauf die Kuh erwidert: „Muh?“
Was and’res kann sie halt nicht sagen.
Ist ja auch ’ne Kuh und kein Papagei.
„Heute gibt es Steaks, zwei oder drei …“
Sagt der Bauer, und dann kommt der Tod vorbei
…

Auf dem Land hört niemand oder wird sich je bemühen
Um die Schreie von Frauen und von Kühen (Muh!).
So bleibt der Mordfall unentdeckt
Der Mann nicht in den Knast gesteckt.
Der Bauer füllt sein Haushaltsloch
Denn Subventionen kriegt er immer noch.

Dieses Gedicht wurde mit Hilfe des Google-Übersetzers vom Deutschen ins Bulgarische, ins Arabische, ins Chinesische, ins Japanische, ins Französische, ins Aramäische, ins Finnische, ins Dänische, noch mal ins Aramäische und ins Deutsche zurückübersetzt. Das kam dabei heraus:

N! Der Nacht ist der ganze Hof im Pazifik
Denn das Land war nicht mehr interessant
Kakerlaken
In den heißen Sommermonaten
Geruch in einem stabilen und handgelötet
Power in der Rinder
Dort, im Auto mit leiser Stimme: „Moo"
Die meisten des Rindfleisches ist nicht, das Gut ist eingeteilt
Da der jetzige Besitzer fehlt, und sogar Geld

In dieser Welt, aber nicht perfekt
Wenn die Betriebe und Vertragsrecht
Dann, in der Hand
Versteckt in Kleidung
Rusty Eisenrohr und Sharp
Was ist das bequem?
Das Problem ist jetzt die letzte Kuh
Und zweimal mit leiser Stimme:
„Roh Moo-hyun. Sheehan“

Glaube, nicht erkennt
Aber auf der ersten Etage, ist noch Licht brannte
Bauernhof von Maria
Die Bauern wissen, dass am Ende
Obwohl die Auflösung ist nicht sicher
Alte Frau ist zu teuer
Scrap die Aufgabe, gibt es keine
Dies ist nicht logisch
Die Frau muss weg!
Jetzt ist die Stadt aus Eisen Rohr
Bei einem Zwischenfall
Schnell durch das Gericht
Allerdings Viehstall, sah er einfach nur dumm ...

Auch im Schlafzimmer
WEH nicht viel! Und Action contre la Faim!
Allerdings nur für die ’NEM Block!
Diese Frau ist ein Glas Keil!
Dieses Fenster von Rindern
Ruhig sehr aufgeregt: „Moo“

Doch die Farm mitgekriegt
Wie ist es, Kurve
Dann betrachten wir das Auge
Wenn er damit? Zeugen.
Rinder wurden identifiziert
Waffe in der Hand
Sein gestohlenes Vieh
Er sagte bitter: „Du!“
Begeben Sie sich in die Kuh: „zu ihm?“
Sie sagte auch, dass er nicht aufhören konnte.
Ist es wirklich wahr Vieh, als der Papagei.
„Heute gibt es Steaks, zwei oder drei“
Und die Bauern gesagt, und dann der Tod.

Niemand kann in dem Land, hören oder sehen,
ist es immer
Der Schrei! Frauen und Rinder (Wu)
Dies gewährleistet, dass die Tötungen nicht
ausgesetzt sind
Niemand im Gefängnis
Farm zu füllen Löcher Haushalt
Zur Unterstützung hat er noch.

Verlierer der Evolution II

Senfflügliger Rattenpapagei, der (lat. *rattus kühnorum sinapis*): Da fällt mir jetzt auch nichts mehr zu ein. Das ist doch lächerlich …

Der Senfflüglige Rattenpapagei bewegt sich halb kriechend, halb robbend fort und schlägt dabei herzerweichend wirkungslos mit den Tuben. Könnte man es sehen, man wäre gerührt.

Erlkönig 2.0

(Was wäre, wenn Goethe den Erlkönig heute geschrieben hätte?)

Wer reitet so spät durch Nacht und Wind?
Jemand, der nicht weiß, was Autos sind!

Ende

Zymnys Faust
feat. Goethe (2011)

I Studierzimmer

Faust: Guten Tag,
Ich bin Faust und furchtbar schlau,
Trotzdem weiß ich nichts genau
Und nichts Genaues weiß man nicht,
Weshalb man sich den Kopf zerbricht.
Hab mein Leben lang gelernt, gestrebt,
Darüber ganz vergessen, wie man lebt,
Da steh ich nun, ich armer Tor,
Und bin so blöd wie Styropor!
Was soll ich tun? Hilfe fänd' ich nett.
So frag ich nun – das Internet!
(Faust beschwört das Internet ... Das Internet erscheint)
Internet: Ich bin das Internet. LOL! Ich grüße Sie.
Suchen Sie nach Pornographie?
Faust: Nein!
Internet: ROFL!
Ansonsten hätt' ich lustige Bilder von Kätzchen.
Faust: Hör mir auf mit deinen Mätzchen!
Ist das alles, was du kannst?
Internet: OMG!
Ich hab noch einen Panda, der zu Techno tanzt.
Faust: Okay, okay, ich hab genug.
Besser, ich beende diesen Spuk.
Ich mach den Browser lieber zu ...

Internet: Fuuuuuu ...
Faust: Noch immer keinen Deut gescheiter,
Viel schlimmer – selbst das Web brachte mich nicht weiter!
Weiß nichts, noch, wie es ist zu leben,
Was soll es dann auf dieser Welt noch Rechtes für mich geben?
Kurz: Mir ist das alles hier zu dumm!
Ich glaub, ich bring mich einfach um!
(Bimbambimbam!)
Oh, die Osterglocken ... ich bring mich doch nicht um.
Vielleicht such ich mir einfach 'ne Freundin mit großen Brüsten
Oder ich lass mir von RTL die Bude verwüsten.
(Mephisto tritt, indem der Nebel fällt, hinter der Zentralheizung hervor)
Mephisto: Wer hat mich gerufen?
Faust: Ein roter Kerl mit Hörnern, Schweif und Hufen –
Es ist Hellboy!
Mephisto: Also, du hast meinen Namen genannt!
Faust: Hab ich nicht und mir sind die meisten bekannt.
Mephisto: Du bist aber nicht gerade schnell,
Wie wäre es denn mit RTL?
Faust: Hm – das erklärt so einiges.
Aber noch nicht, warum du bei mir bis'.
Mephisto: Faust, ich bring dir bei, wie man lebt,
Wie man Spaß hat, ordentlich einen hebt,
Wie man Frauen angräbt, erklär ich dir haarklein

Wenn du willst, werde ich dein Wingman sein.
Alles, was ich als Gegenleistung erwarte,
Ist deine Seele und eine Yugi-Oh-Sammelkarte.
Faust: Warum ein Bildchen von Pappe und Plastik?
Mephisto: Deine Seele interessiert dich scheinbar nicht, fantastisch!
Damit haben wir einen Vertrag, mein lieber Faust.
Ich bin froh, dass du dem Teufel vertraust.
Dann auf und hinaus in die Nacht,
Dir krieg ich schon was beigebracht.

II Auerbachs Keller

Faust: Was ist das für ein Ort, an dem ich mich beweg?
Mephisto: Das, mein lieber Freund, ist eine Diskothek!
Wo die Jugend feuchtfröhliche Flatrate-Feten feiert.
Faust: Und nachher vor dem Club auf die Straße reihert.
Mephisto: Ach was! Denk doch nicht an die Konsequenzen,
Sei kein Frosch, Faust, und lass uns jetzt dancen!
Beweg deinen Body zum Beat,
Merk, wie jede Sorge verfliegt,
Spür die Gedanken im Schädel vibrieren,
Lass dir von den Bässen die Seele massieren!
(Uz! Uz! Uz!)
Faust: Mephisto?!
Mephisto: Sprich, Faust, was willst du?!

Faust: Ich hab genug, Teufel, bring mich hier raus,
Denn ich halte diesen Krach nicht mehr aus!
Mephisto: Also gut, die Nacht ist noch jung!

III Hexenküche

Faust: Das kommt mir hier so vor ...
Das kommt mir hier so vor ...
Wie ein Crack-Labor!
Mephisto: Nein, Faust, das kann nicht sein.
Nein, Faust, das bildest du dir ein.
Trink den Trank, den das Mütterchen dir gibt
Und dann finden wir jemanden, der sich in dich verliebt.
Mütterchen: He, da! Bin kein Mütterchen! Bin 24 und ein Mann!
Faust: Teufel, da siehst du, wohin Drogenmissbrauch führen kann.
Mephisto: Denk nich', trink, und nimm 'ne Pille – rot oder blau?
Ach, nimm beide, wir besorgen dir jetzt 'ne Frau!

IV Am Brunnen

Mephisto: Du gehst jetzt zu der hin und bringst folgenden Spruch ...
(flüster ... flüster ...)
Faust: Und du glaubst, das ist genug?
Mephisto: Ja!
Faust: Alles klar!
Hi, ich bin Faust, wie heißt du?

Gretchen: Gretchen.
Faust: Ich find, du bist ein echt hübsches Mädchen.
Hoffentlich hast' eine gute Haftpflichtversicherung.
Gretchen: Sag, was du willst, und red nich' herum!
Faust: Deinetwegen hab ich 'ne Beule im Beinkleid.
Gretchen: … Boah, wie schlecht! Ich bin diese Anmache leid!
Faust: Teufel! Ich hab mich total blamiert!
Mephisto: Stimmt, ich hab dich ja auch sabotiert!
Scheitern gehört zum Leben dazu!
Faust: ... DU!
Teufel, was tust du mit der Kamera?
Mephisto: Weil das grad echt der Hammer war,
Stell ich den Scheiß ins Internet!
Faust: Nein! Das wird Konsequenzen haben!
Rechtliche Konsequenzen! Hörst du?

V Vor Gericht

Faust: Warum ich hier stehe, Frau Salesch, und klag,
Ist, der Teufel erfüllte nicht den Vertrag!
Er versprach zu zeigen, wie es ist zu leben;
Stattdessen hat er mir eine Lektion im Trinken,
Experimentieren und Scheitern gegeben.
Mephisto: Ich seh den Vertrag als erfüllt
Und bin da nicht zu zweifeln gewillt.

Salesch: Erheben Sie sich, im Namen des Volkes ergeht folgendes Urteil,
Wer mit dem Teufel handelt, den erwartet ein Unheil.
Wer sich beschwert, anstatt weiterzumachen,
Über den kann das Gericht nur herzlich lachen.

Aus der Reihe: „Kurz und unangebracht" – II

Erlkönig 2.1

Wer reitet so spät durch Nacht und Wind?
Ein katholischer Priester auf einem Kind.

Gesprächskultur

Das Licht wird hochgefahren, worauf das Publikum zu klatschen beginnt und Kamera 1 auf den Moderator zoomt. Nachdem der Applaus verebbt ist, wird es kurz still im Studio, bis der Moderator zu sprechen beginnt:

„Guten Abend, meine Damen und Herren, ich bin ihr namhafter Moderator und begrüße Sie zu unserer Pseudo-Diskussion. Ich höre mich gern reden, denn ich kann schön reden. Mit Journalismus habe ich eigentlich wenig bis gar nichts zu tun, dafür habe ich mich vorher bei Wikipedia informiert. Ich nenne unser Gesprächsthema und bitte die Teilnehmer, sich vorzustellen."

Die Kamera schwenkt und der Herr ganz zur Rechten des Moderators sagt:

„Ich bin ein völlig deplatzierter Comedian. Weder beruflich noch persönlich habe ich etwas mit dem Thema zu tun, gehöre also nicht hierher. Das merke ich aber nicht, und außerdem habe ich mich eh nicht vorbereitet oder informiert."

Hierauf beginnt der Anzugträger zu seiner Rechten:

„Ich bin ein Vertreter der regierenden Partei und teile die öffentliche Meinung, da wir gerne wiedergewählt werden wollen. In dieser Funktion bin ich über das Thema empört und werde keine sachlichen Argumente vorbringen."

Der Reihe gemäß folgend sagt der nächste Herr:

„Ich bin ein Vertreter der Opposition. Ich habe mich informiert und werde sachlich und ernsthaft diskutieren, wobei ich wichtige Argumente und Einwände anführe, bis ich mich in eine prinzipiell oppositionelle Haltung hineinsteigere."

Darauf stellt sich ein Herr mit Brille vor:

„Ich bin ein informierter Experte. Auch ich werde sachlich und vernünftig mitdiskutieren, aber größtenteils werde ich übergangen oder niedergebrüllt werden."

Zum Schluss spricht der letzte Herr aus der Reihe:

„Ich bin ein von der Öffentlichkeit wenig beachteter Mensch, der nur auf seine fünf Minuten Aufmerksamkeit aus ist. Ich habe eine provokante These zu einem Thema aufgestellt, das dringend diskutiert werden muss. Leider bewege ich mich zu sehr am rechten Rand, als dass man sich ernsthaft mit mir unterhalten könnte."

Als alle geendet haben, ergreift der Moderator erneut das Wort:

„*Ich bin der Moderator und ich eröffne die Diskussion. Ach, was höre ich mich gerne reden. Ich erzähle noch ein bisschen und sage dann dem Kandidaten mit den seltsamen Thesen, dass er beginnen soll.*“

Der betreffende Herr rutscht auf seinem Stuhl nach vorne und eröffnet das Gespräch:

„*Ich beginne mit einer halbgaren Meinung, die ich für ein Argument halte.*“

Nickend erteilt der Moderator das Wort an den Vertreter der Opposition:

„*Ich bin dagegen und nenne ein fundiertes Argument.*“

Der Moderator klatscht als Erster und lässt den Vertreter der regierenden Partei fortfahren:

„*Ich dresche inhaltsleere Phrasen, ich dresche und ich dresche. Ich mache eine Kunstpause – nun dresche ich weiter ...*“

„*Ich mache einen Witz!*“, unterbricht der Comedian.

Man lächelt und der Vertreter der herrschenden Clique fährt fort:

„Ich sage etwas Polemisches und äußere, wie empört ich über diese provokanten Thesen bin."

Das Publikum applaudiert und der Moderator schaut in seine Karten, dann sagt er:

„Ich tue, als hätte ich den Namen unseres Experten vergessen, und stelle ihm dann eine oberflächliche Frage, die fast schon seine Kompetenz beleidigt und auch meine fraglich erscheinen lässt."

Dem Experten huscht ein Lächeln über das Gesicht und er beginnt zu antworten:

„Ich erläutere eine mit fundierten Argumenten untermauerte mögliche Ursache des Problems und ..."

„Ich falle ihm mit einer absurden Behauptung ins Wort!", schreit der Provokateur.

Ein Ruck fährt durch den Oppositionellen, worauf er mit bemüht ruhiger Stimme entgegnet:

„Ich weise Sie auf die Unschlüssigkeit Ihrer Rede hin und wiederhole kurz meine Haltung dazu."

Hierauf schlägt der Provokateur auf die Armlehne seines Sessels und brüllt:

„Ich behaupte, dass ich als Einziger die finale Weisheit erkannt habe und diese durch Statistiken belegen kann, die ich mir vor der Sendung selbst ausgedacht habe, außerdem beleidige ich Sie und Ihre Ahnen."

„Ich drücke meine Empörung aus!", ruft der Regierungsvertreter dazwischen.

„Ich wurde zu lange übergangen ...", versucht der Moderator einzubringen, doch der Oppositionelle fällt ihm ins Wort:

„Ich behaupte, dass alles, was der Provokateur von sich gibt, rechte Ansichten sind und er keine Ahnung von irgendetwas hat. Ich lege ihm seinen Rücktritt von all seinen Ämtern und Funktionen nahe, mache ihm deutlich, dass ich nicht mehr vorhabe, mit ihm zu reden, und versuche so, ihn dafür zu bestrafen, dass er andere ausgrenzt, und diskriminiere, indem ich ihn ausgrenze und diskriminiere. Das fällt mir aber nicht auf."

Unter dem Beifall des Publikums sagt darauf der Moderator:

„Ich verweise den Provokateur des Studios. Ich bin erleichtert, dass er geht und ich wieder das

Wort habe. Ich ziehe ein völlig falsches Fazit und erkläre, dass ich noch nie eine erfolgreichere Diskussion geführt habe ...“

„*Darüber mache ich einen Witz!*“, wirft der Comedian ein.

Das Publikum klatscht, das Licht geht aus und alle verlassen das Studio – alle bis auf den Experten, der alleine im dunklen Raum dasteht und sagt:

„*Fernsehen macht eckige Augen, doch Schubladendenken macht einen Quadratkopf.*“

Der Ausbruch von Peterchen dem patzigen Pony aus dem Streichelzoo

Die erste Regel des Streichelzoos lautet: Man spricht nicht über den Streichelzoo ...

Mein Name ist Karl-Theodor und ich bin ein Hängebauchschwein mit zurückgegelten Haaren.

Seit ich mich zurückerinnern kann, war Peterchen dagewesen. Die anderen Tiere im Streichelzoo mieden ihn, weil sie spürten, dass er kein gewöhnliches Pony war.

Wenn ich genau darüber nachdenke, dann haben sie ihn eigentlich nie direkt angesehen. Das mag wohl damit zusammenhängen, dass Ponys ja generell unter der romantischen Verklärung zu leiden haben, die ihnen kleine Mädchen entgegenbringen.

Die meisten Ponys, die ich kenne, sind zynische Arschlöcher mit einem Alkoholproblem und keine niedlichen Miniaturpferde, die über Regenbögen galoppieren und in Schlössern leben.

Peterchen jedoch schien ganz speziell einen an der Murmel zu haben. Einmal führte der Tierpfleger Thorsten einen Schimmel an unserem Gehege vorbei. Die ganze Zeit starrte Peterchen das Pferd an und fragte mich dann: „Sollte ein Pony so aussehen?“

Ich zuckte mit den Schultern, darauf sagte er zu mir: „Sie wollen uns einreden, dass wir alle furchtbar kuschelig sind und die Leute nur kommen, um uns zu bewundern und zu streicheln. Ich aber sage: Wir sind nicht unser gestriegeltes Fell! Wir sind nicht die Menge an Leckerchen, die wir bekommen! Wir sind nicht die Einrichtung aus Stroh in unserem Stall! Wir sind der singende, tanzende Abschaum des Zoos und alle Teil desselben Komposthaufens."

Ich hab das nie ganz verstanden, aber er schien ein Pony mit einem Plan zu sein. Tagelang konnte er im Regen ausharren und auf die Schulklassen starren, die ihn mit Orangen bewarfen: „Los, Pikachu! Mach es fertig!"

Nur jemand, der einen Plan hat oder wahnsinnig ist, kann so eine Tortur ertragen, und Peterchen schien beide Kriterien zu erfüllen. Tatsächlich aber wusste niemand, wie er zu dem geworden war, was er war. Niemand kannte das Fundament des Hassgebäudes, in dem Peterchen lebte.

Eines Tages dann kam er auf mich zu und sagte: „Ich hau hier ab. Wenn du willst, kannst du mitkommen, aber du musst ein paar Dinge für mich erledigen."

Natürlich wollte ich mit. „Was soll ich tun?", fragte ich zurück.

„Während ich die Menschen ablenke, musst du den Kindern ihre Orangensaft-Trinkpäckchen aus den Taschen klauen. Du musst unbedingt darauf achten, dass es Orangensaft und kein Apfelsaft ist."

Ich bin Karl-Theodors lähmende Angst, weitere Fragen zu stellen.

Es fing ganz sachte an. Ohne dass es die anderen Tiere bemerkt haben, hatte Peterchen die menschliche Sprache gelernt und brachte jedes Einzelne dieser schmusenden, streichelnden Monster zum Weinen, während ich ihnen die Trinkpäckchen abnahm.

„Mami! Mami! Guck mal da, ein Pony!"

„Mami, Mami, guck mal da, ein Pony am Arsch!"

„Ah! Mami! Komm schnell! Das Pony kann sprechen!"

Die Mutter kam und Peterchen war wie ausgewechselt. Er wieherte leise und hatte so große niedliche Kulleraugen, als ob er aus einem dieser japanischen Zeichentrickfilme stammte. „Schatz, Tiere können nicht sprechen", sagte die Mutter und ging. Das Gör umarmte Peterchen und flüsterte: „Ich weiß, dass du sprechen kannst."

Peterchen flüsterte zurück: „Fass mich noch einmal an ... und ich reiße dir die Finger- und Zehennägel raus! Lauf! Lauf nach Hause und komm nie wieder zurück!"

Das kleine Mädchen rannte weinend davon. Ich habe gehört, dass sie sich nie von dem Schock erholt hat. Ich erinnere mich nicht an ihren Namen, aber ich habe weiter gehört, dass sie sich die Augenbrauen abrasierte und nachtätowieren ließ.

„Hast du den Orangensaft?", fragte Peterchen.

„Ja ..."

„Gut."

Ich bin Karl-Theodors völlige Verwirrung.

Mit der Zeit wurde Peterchen immer grausamer und wir sammelten immer mehr und mehr Orangensaft.

Und dann, in dieser einen Nacht, schreckte ich aus dem Schlaf hoch. Die Tiere liefen alle durcheinander, schrien, und als ich aufsah, sah ich, was ihre Panik ausgelöst hatte. Der gesamte Streichelzoo brannte.

Ich sah mich um und bemerkte, dass Peterchen hinter mir stand. Das Feuer glitzerte in seinen Augen und er sagte: „Weißt du eigentlich, dass man aus gefrorenem O-Saftkonzentrat, Katzenstreu und Benzin Napalm machen kann?" Ich schüttelte den Kopf.

„Komm, jetzt müssen wir aufpassen." Wir versteckten uns im Gebüsch neben dem Gatter, durch das kurz darauf der Tierpfleger Thorsten stürmte. „Scheiße! Was ist denn hier passiert?!"

In dem Augenblick sprang Peterchen aus dem Gebüsch und biss im Flug Thorstens Arme und Beine ab. Er würde wohl nie wieder als Tierpfleger arbeiten können, dafür hatte er von da an einen coolen neuen Spitznamen: Torso-Thorsten.

Peterchen beugte sich über ihn, nahm ihm die Schlüssel für das Gatter ab und sagte: „Erst, wenn wir alles verloren haben, haben wir die Freiheit, alles zu tun. Das stimmt in deinem Fall leider nicht."

Peterchen wandte sich ab und während wir durch das Gatter schritten, explodierte hinter uns der Streichelzoo. Brennende Schafe flogen durch die Luft. Bäh! Bäh! Bäääh!

Ich bin Karl-Theodors grinsende Rache.

„Was machen wir jetzt?", fragte ich und blickte Peterchen an. Er drehte seinen Kopf zu mir und erwiderte:

„Jetzt? Jetzt machen wir Seife."

Märchen mit Opa

Es war einmal zu einer Zeit, als das Wünschen noch geholfen hat ...

Opa: „Siehst du Junge, so muss das anfangen."

... da war ein kleiner Bursche ...

Opa: „Bestimmt so einer wie du!"

... der hatte eine kleine Schwester ...

Opa: „Ha, genau wie du!"

... und half seinem Vater täglich beim Holzhacken und Arbeiten ...

Opa: „Haha, kein Stück wie du, Junge!"

... denn die Familie war arm und brauchte das Geld ...

Opa: „Wir waren auch arm damals. Als ich so alt war wie du, da hat man für einen Pfennig zwei Laibe Brot und einen Liter Milch bekommen – und man bekam noch Wechselgeld raus!

Aber so viel Geld hatten wir gar nicht! Wir konnten das Brot im Schaufenster immer nur angucken und mussten davon satt werden.

Nur reiche Protze haben damals überhaupt Brot gegessen. Bei uns armen Leuten gab es Steine! Morgens Steine, mittags Steine und abends Steinsuppe aus Resten von Steinen, die es gestern gab.

Schlimme Zeiten waren das, aber hat es uns geschadet? Nein! Gut, ich habe mit zwölf alle meine Zähne verloren, aber das war damals so und da war man stolz drauf – und dankbar!"

Ich: „Opa, erzähl weiter."

Opa: „Ach ... ja."

... Der Junge half seinem Vater nach Kräften und arbeitete viel und lang, doch es reichte vorne und hinten nicht. Die Familie blieb arm...

Opa: „Wir waren auch arm damals! Als ich so alt war wie du, da mussten wir das Geld in Schubkarren zum Bäcker bringen und konnten uns trotzdem nicht mal einen halben Laib Brot leisten. Weißt du, was wir stattdessen gegessen haben?"

Ich: „Ach, Opa, das Märchen!"

Opa: „Nee, die Frage war ernst gemeint. Ich hab's vergessen ... Na ja, wird wohl nicht so wichtig gewesen sein ..."

... und weil der Junge so hart arbeiten musste, um zusammen mit seinem Vater die Familie zu ernähren, konnte er nicht zur Schule gehen ...

Opa: „Ich bin zur Schule gegangen, wie sich das gehört, und ich musste meine zwölf Geschwister im Bollerwagen hinter mir herziehen ... hin und zurück – nur bergauf!“

... Eines Tages, als die Familie sich mühsam etwas Geld vom Munde abgespart hatte, konnte der Junge hinaus in die Welt ziehen, um ein Handwerk zu erlernen. Er wanderte weit ...

Opa: „Ich bin auch mal weit gewandert! Damals haben wir die Panzer nach Russland getragen über Hängebrücken und barfuß durch den Schnee. Danach sind wir drei Tage unter Wasser marschiert ohne einen Tropfen zu trinken, und als es anfing zu regnen, haben wir uns unter den Brücken untergestellt.“

Ich: „Mit den Panzern?“

Opa: „Mit den Panzern!“

... bald kam der Junge an eine Brücke ...

Opa: „Aha! Da drunter standen wir!“

Ich: „Nee, Opa!“

... und bald kam er an eine Wiese ...

Opa: „Aha! Da drunter standen wir!"

Ich: „Das glaubst du ja wohl selber nicht!"

Opa: „Stimmt!"

... auf jener Wiese tollten Kinder über das Gras und spielten gar lustige Spiele ...

Opa: „Junge, früher haben Kinder richtig gespielt! Richtig gespielt! Nicht so wie ihr heute, ihr guckt doch den ganzen Tag nur fern! Was siehst du im Fernsehen, Junge?"

Noch bevor ich richtig nachdenken kann, hab ich schon „TV TOTAL" gesagt. Gut, dass mein Opa kein Alt-Nazi ist ...

Opa (böse): „Ausgezeichnet, Sprössling! ‚Total' kenne ich, aber früher hieß es ‚Volksempfänger'! Richtig gespielt! Gute Gesellschaftsspiele haben wir gespielt, z. B. ‚Arier ärgere dich nicht'!"

Ich bin echt froh, dass mein Opa nicht so ist. Dafür vergisst mein Opa, wenn es um Technologie geht, das Märchen und beginnt sich aufzuregen.

Opa: „Ihr jungen Leute heutzutage mit euren neumodischen Geräten. Das macht euch alle faul! Ihr, ihr, ihr mit euren faulen elektronischen Zahnbürsten! Was ist los mit der Jugend? Ist Zähneputzen eine zu große körperliche Anstrengung für euch? Wie hab ich mir das vorzustellen? Müsst ihr direkt ins Sauerstoffzelt, wenn eure Zahnbürste keinen Motor hat?“

Ich: „Opa, warum legst du denn jetzt das Buch weg?“

Opa: „Das brauch ich nicht. Ich habe alle Märchen selbst erlebt! Das erzähl ich dir alles locker aus dem Hut!

Also, Hänsel und Gretel, die wollen jetzt Rapunzel das Fürchten lehren, aber das mag die nicht und darum geht die zu Frau Holle und schiebt die ganzen Kissen einfach in den Ofen, weil sie auch keine Lust hat, die immer zu schütteln, und die sieben Zwerge sind auch da, aber die böse Königin ist wütend, weil in dem Glassarg doch bloß ein Schweineherz liegt, und ihr Spiegel sagt die ganze Zeit nur: ‚Ach, müsst' ich doch nur nicht immer die Asche putteln!‘ Und alle leben glücklich bis ans Ende ihrer Tage! So!“

Ich: „Was ist denn nun mit der Moral von der Geschichte?“

Opa: „Die Moral? Junge, hast du denn überhaupt nicht zugehört? Die Moral ist natürlich: Früher war alles besser ... und aus Holz! Alles war aus Holz: Getreide, der Monat Mai und Wasser auch. Schwimmen war damals verdammt anstrengend und sah bescheuert aus! Aber haben wir uns beschwert? NEIN! Da war man dankbar!“

Aus der Reihe: „Real Outsider Art" – II

Roboter Limerick

010 010 010,
010 010 010!
01 001.
01 001.
010 010 010!

Ein ganz normaler Tag im Leben des unglaublichen Jan Philipp Zymny – von Jan Philipp Zymny – also von mir

Morgens halb sieben, der Platin-Wecker, den ich an einer goldenen Kette um den Hals trage, klingelt – Rrrring! – Ach, was hab ich gut geschlafen. Eine Stunde ist auch mehr als genug.

Ich dachte schon, der Wecker schellt gar nicht mehr.

Ich steige aus meinem antiken Himmelbett, in das schon Ludwig XVI. persönlich hineingepupst hat.

Montags bis donnerstags schlafe ich auf einer Matratze aus purem Gold, die 27 ostasiatische Arbeitssklaven für mich weichgeklopft haben ... mit ihrer Stirn!

Warum gerade 27?

Weil es ab 28 Mengenrabatt gab und ich auf Rabatte scheiße, denn ich kann es mir leisten.

Ich trete in die fünf Kilometer lange Haupthalle, die komplett aus Marmor gefertigt ist. Bei mir zu Hause ist übrigens alles aus Marmor. Der Fußboden: Marmor! Die Wände: Marmor! Die Pflanzen: Marmor! Der Kuchen: Marmor! Meine Katze ist aus Marmor, sie heißt Carrara.

Ich gucke in den Spiegel, ich bin Eisen-Beißers böser Zwilling: Marmor-Beißer.

Ich setzte mich an den Marmor, nippe an meiner heißen Tasse Marmor. Igitt! Da fehlt ja

Marmor! Schnell gebe ich zwei gehäufte Löffel hinzu. Ahhh!

Plötzlich klingelt der Marmor und ich hole meinen hartgekochten Frühstücksmarmor aus dem Marmor.

Jetzt schnell ins Badezimmer und ab unter die Dusche. Aus der Leitung kommt nur feinstes Mineralwasser aus südfranzösischen Vulkanseen, handgeschöpft von Jungfrauen.

Wusch – und fertig.

Puh, ist das kalt – wo ist denn jetzt mein Bademantel aus reinem Hummelfell?

Ach, da ist er ja, direkt neben dem Gemälde von Salvador Dalí, das diese zerfließenden Uhren zeigt.

Ein von mir bestellter Künstler hat Flavor Flav hineingemalt, der auf die zerfließende Uhr um seinen Hals guckt, und in einer Sprechblase darüber steht: „Fuck! Was hat der Surrealismus mit meiner Uhr gemacht, Nigga?“

Wo ist denn nur mein Butler? – „Johann! Zähneputzen!“

Eigentlich muss ich mir nicht die Zähne putzen, weil ich sie durch nachwachsende Haifischzähne habe ersetzen lassen, aber mein Butler darf sie mir zum Spaß putzen. Zu meinem, nicht zu seinem.

„Danke, Johann, und jetzt die Hand auf.“ Ich spucke hinein. „Bring es weg, Johann.“

Heute fahre ich in die Stadt, um etwas einzukaufen. Ich weiß noch nicht genau was, aber irgendetwas werden sie ja wohl haben.

Meine Sänfte aus Stammzellen, die von einem Gespann aus sechs schneeweißen Zwerg-Elefanten gezogen wird, braucht drei Tage, bis die Grenze meines Grundstückes am Horizont zu erahnen ist.

Als ich fertig bin mit Einkaufen, höre ich ein kleines Mädchen, wie es seine Mama fragt: „Mama, warum gab es in dem Geschäft keine Teddybären mehr?" Aber anstatt zu antworten, zeigt die Mutter nur in meine Richtung:

Ich tanze um einen Berg aus brennenden Spielsachen!

Zwischen den Teddybären und Puppen brennen vereinzelte Kinder, die im Geschäft nicht schnell genug waren.

Auf dem Nachhauseweg treffe ich einen Bettler. Er tut mir leid und ich schenke ihm eine Insel. Ich hab ja noch 23. Zu seinem Pech ist es Japan.

So viel Wohltätigkeit hat mich ganz ermattet. Statt eines Energy-Drinks breche ich ein iPhone auf und trinke die Batterieflüssigkeit.

Daheim setze ich mich hin und schreibe zwölf neue Texte, jeder von ihnen ist der beste Text, der je geschrieben wurde. Ich verbrenne acht davon sofort – weil ich es kann.

Danach nehme ich ein leichtes Essen zu mir. Es gibt Dodo in Blattgold. Um die Kalorien wieder loszuwerden, schwimme ich ein paar Runden im Pool – 1.036 sollten reichen.

Ich will den Pool auch nicht zu sehr beanspruchen, schließlich war es sogar für meine Verhältnisse schwierig, ihn komplett mit Tränen von Waisenkindern zu füllen.

Wo ist denn nur mein Handtuch?

Ach ja, ich besitze gar keins! Stimmt ja, ich lasse mich doch immer von einer Flugzeugturbine trocknen.

Danach werfe ich immer ganz gerne sehr teure Dinge in die Turbine und freue mich, wie sie zerschreddert werden. Heute ist Justin Bieber dran!

Jetzt muss ich aber los zu einem Poetry Slam in [Name der Stadt einfügen]. Ich fahre mit der Bahn, die extra für mich pünktlich kommt. Im Backstage-Bereich verlange ich Schokoladeneis auf Zimmertemperatur und Kaviar – von Grizzlybären.

Alle vier neuen Texte kommen super an. Oh, schade, da ist es auch schon vorbei.

Na ja, ich werfe den dicken Sack mit dem Euro-Zeichen auf den Rücken. Er enthält das Preisgeld im Wert von 20 Euro in Ein-Cent-Münzen, auf die drei Millionen dressierte Hamster mein Gesicht genagt haben. Ach, wie schön!

Zu Hause werde ich sie in meinen Geldspeicher schütten – nur die Hamster selbstverständlich.

Zur Entspannung möchte ich heute etwas Musik hören. Ich klopfe an eine Klappe in der

Decke. Als sie sich öffnet, kommt der Kopf des Dirigenten des russischen Staatsorchesters zum Vorschein:

„Sie wunschen?"

„Zunächst möchte ich Ihnen danken, dass Sie es geschafft haben, sich auf meinem Dachboden zu arrangieren."

„250 Musiker in Kammerchen mit Dachschräge ist normal fur russische Staatsorchester ..."

„Interessiert mich nicht! Spielen Sie mir was von Beethoven – am besten das Intro der Pokémon-Fernsehserie!"

„Aber Intro von Pokémon-Fernsehserie ist nicht von Beethoven!"

„Dann spielen Sie es so, als ob es Beethoven komponiert hätte, Mann!"

Ich knalle die Klappe zu, und während es von oben tönt: „Ich will der Allerbeste sein ... Dadada! DA!", warte ich auf den Sonnenaufgang ...

Mist, ich muss aufs Klo, aber mein Schlafzimmer ist so groß, dass ich die Türe nicht finden kann. Mein Schlafzimmer ist überhaupt so groß, dass an irgendeiner Stelle in meinem Schlafzimmer immer Nacht ist.

Ich rufe meinen Butler: „Johann! Hand auf!" Ich pinkle hinein. „Bring es weg, Johann!"

Danach lege ich mich auf mein Bett und warte auf den Sonnenaufgang und darauf, dass der ganze Spaß von vorne losgeht.

Was hat uns die Wissenschaft jetzt wieder angetan?!

ODER: Ein Diss-Text für mich selbst

„Ich wusste noch gar nicht, dass Mett sprechen kann“, wundert sich das geneigte Publikum, wenn Jan Philipp Zymny die Bühne betritt.

Während Kontrahenten wie z. B. Fabian Navarro[1] einen eigenen Stil pflegen, schafft es Jan Philipp, sich ohne jede Form von Charakter, Prägnanz oder Eigenart zu präsentieren.

Seine hervorstechendste Eigenschaft scheint ein dicker Bauch zu sein. In der Tat scheint er so dick zu sein, dass sich die Anwesenheit dritter Personen – Jan Philipp wird hier folgerichtig als erste und auch als zweite Person gewertet – in seinem Umfeld zweifellos dadurch erklären lässt, dass sie dank seiner Anziehungskraft dazu verdammt sind, in festen Bahnen um ihn zu kreisen.

Wir sprechen an dieser Stelle ohne Frage von keiner charmant-attraktiven Anziehungskraft, sondern von einem realen physikalischen Phänomen mit dem Namen: Gravitation!

Zweifellos trägt er nur deshalb gerne weite Kleidung, um die Vielzahl an Trabanten aus Kekskrümeln und ähnlichen Essensresten zu verbergen, oder um es kurz zu machen: Kleine

1 Siehe: „Blumenkohl im Sommerwind“ (feat. Fabian Navarro)

Kinder versuchen sich gegenseitig mit „Jan-Philipp-ist-so-dick"-Witzen zu übertrumpfen.

Befragt man ihn zu seiner Person, so erhält man als Antwort: „Jan Philipp Zymny – das D steht für Gefahr!"

Stolz wie Oskar auf diesen absolut sinnentleerten, wenig komischen Ausspruch, ist er daraufhin entweder für die nächsten anderthalb Stunden zu keiner weiteren Äußerung fähig, was durch eine vollständige Entladung seiner kognitiven Kapazitäten erklärbar ist, oder aber er hört gar nicht mehr auf zu reden.

Dies ist wiederum einer kurzfristigen Überladung der Zahnrad-Mechanik, die er als seinen Verstand fehlinterpretiert, geschuldet. Schon allein an dem Umstand, dass er es schafft, eine Zahnradmechanik zu überladen, lässt sich erkennen, wie kategorisch überfordert dieses Exemplar der Gattung *Homo non habilis* (dt.: ungeschickter Mensch) ist.

Betrachten wir ihn doch einmal genauer. Auch wenn es dem geneigten Publikum sehr schwer fällt, mit dem Blick länger als den Bruchteil einer Sekunde auf der monströsen Mischung aus mutiertem Fleisch und Wundschorf zu verweilen, die nur ein geisteskranker Geisteskranker auf Drogen als Gesicht bezeichnen würde, so sticht einem doch der wuchernde Backenbart ins Auge

... Tatsächlich sticht er einem wirklich ins Auge, wenn man Jan Philipp zu nahe kommt.

Es liegt auf der Hand, dass es sich dabei entweder nur um den kläglichen Versuch handeln kann, mangelnde Schambehaarung zu kompensieren, oder es sich de facto um verlagerte Schambehaarung handelt, die den Wanst bis zur Fresse hinaufgewachsen ist – widerwärtig!

Mutige Forschungen haben ergeben, dass Jan Philipp in Wahrheit am ganzen Körper tätowiert zu sein scheint. Die Schlampigkeit der Arbeit spricht dafür, dass er es selbst getan hat, und zwar mit diversen verschiedenfarbigen Kugelschreibern.

Aber genug von seinen mangelhaften schriftstellerischen Fähigkeiten. Wenden wir uns lieber seinem abscheulichen Äußeren zu ... oder umgekehrt.

Verbal-Durchfall, Wischiwaschi-Blabla und unzusammenhängender Nonsens sind nur ein paar eher euphemistische Ausdrücke, mit denen man Texte von Jan Philipp Zymny beschreiben könnte, und selbst dem unaufmerksamsten Beobachter drängt sich die Frage auf: „Performance-Künstler oder Müllmann ... für was hält es sich?"

Seine neusten Schreibseleien, die selbst dem Ausdruck „Machwerk" spotten, befassen sich fast ausschließlich mit ihm selbst.

Dieser erbärmliche Schrei nach Aufmerksamkeit und Zuwendung sowie die damit verbundene Egozentrik enttarnen ihn als ein soziales und psychisches Häufchen Elend, das man am liebsten aus gebührendem Abstand mit einem Stock piksen möchte:

„Mami, Mami, was ist das? Ist das tot?"

„Ich hoff es doch. Fass das nicht an. Oh Gott, fass das bloß nicht an, Jaqueline! ... Scheiße, jetzt hat die das doch angepackt ... Tja, Jaqueline, da muss die Hand wohl ab!"

Weiterhin bedient sich Jan Philipp Zymny einer unnötig vulgären Sprache, da er sonst anscheinend Mühe hat, seinen Texten den nötigen Ausdruck zu verleihen, der olle Fotzkopp.

Um abschließend einmal zu demonstrieren, wie dumm Jan Philipp Zymny tatsächlich ist, werde ich ihn imitieren, wie er eine Hose kauft:

[bescheuerte Stimme] „Woahaha! Seht mich an, ich bin Jan Philipp Zymny. Ich bin so doof. Was ist das denn? Ja, was ist das denn? Boah, ne Hose, wie krass! Was macht man denn damit? Ich setze die mal auf den Kopf! Woahaha! Die hat ja zwei Löcher! Dann kann ich wohl durch das eine nach links und das andere nach rechts gucken, wie praktisch. Ui, die gibt's auch mit langen Beinen, wahrscheinlich, damit es mich im Winter am Hals nicht friert!"

Es bleibt mir nur, Ihnen einen letzten gut gemeinten Tipp zu geben: Wenn Sie auf Jan Philipp Zymny treffen sollten, und davon rate ich dringend ab, halten sie großzügig Abstand und Desinfektionsmittel bereit.

Expedition in den Kongo

Draußen vor dem Fenster gurrten die Dachdecker in ihrem Liebesspiel. Es musste wohl wieder Frühling sein, was bedeutete, dass er den Winter damit verbracht hatte, seinem Hund das Amputieren beizubringen.

Es war ein treuer Hund, der auf den Namen „Kleingeld“ hörte, denn das fraß er am liebsten. Dann klimperte er immer so lustig – *tsching! tsching! tsching!* – wie ein kleines Sparschwein im Hundekostüm.

Um die Illusion perfekt zu machen, hatte sein Herrchen, der berühmte Entdecker Prof. Ernst Wotan Schmitt-Bauer, ihm eine Klappe in den Bauch geschnitzt. Wenn er einmal knapp bei Kasse war, konnte er so leichter das Kleingeld aus seinem treuen Gefährten holen.

Der Hund faszinierte den Professor, denn obwohl er etwa die Größe eines kleinwüchsigen Feldhamsters hatte, schaffte Kleingeld es, Häufchen zu machen, die exakt 28,3-mal so groß waren wie er selbst.

Der Professor hatte es ausgemessen, schließlich war er ein Professor. Und das ist das, was Professoren so machen – sie messen Scheiße. Manchmal starrte er tagelang den Hund an und fragte sich: „Wo kommt die ganze Kacke her?“

Frühling – das bedeutete, dass bald die Expeditions-Saison wieder losging. Mit der Pfeife im

Mundwinkel überlegte er, wohin er dieses Mal expedieren konnte.

Ein Team hatte er schon. Alles erstklassige Männer. Da waren zum Beispiel: Hagen, der blinde Navigator, der sich bei einem schlimmen Sextanten-Unfall beide Augen ausgestochen hatte – er navigierte nur nach dem Geruch des Firmamentes über ihm, Igor, der Hausdiener, der das Gepäck auf dem Buckel trug und auch schon mal das Schiff, und, nicht zu vergessen, sein treuer Hund Kleingeld, der keine besondere Funktion hatte.

Der Professor blickte auf die ausgebreitete Weltkarte. Für einen alten Entdecker wie ihn hatte die Erde nichts Neues zu bieten. Da half nur eins: der Weltraum! Oder Afrika. Potzblitz, Afrika hatte er noch nicht bereist. Wie konnte das sein? Es lag doch genau vor seiner Nase, groß und irgendwie erdnussflippsförmig. Wie hatte er es nur all die Jahre übersehen können? Das würde einen Aufruhr in der Fachwelt geben, wenn er Afrika entdeckte.

Einen Haken gab es jedoch an der Sache: Afrika war bereits entdeckt worden. 1821 hatte der Archäologe Dr. Rainer B. Afrika bei Ausgrabungen zufällig diesen kleinen, versteckt am Rand gelegenen Kontinent gefunden.

Na gut, entdeckte er Afrika eben ein zweites Mal, nur um zu kontrollieren, ob alles noch an der richtigen Stelle war.

Fürs Erste würde der Kongo seinen Ansprüchen genügen. Die Route war einfach: über Ägypten, den Sudan, weiter nach Kamtschatka, am Schwabenland und Irkutsk vorbei und über das Auenland.

Ein gefährlicher Weg, den man aber gut durch die sechste Dimension abkürzen könnte, wenn man wüsste, wie. Doch davon war dem Professor nichts bekannt, sein messerscharfer Verstand befasste sich mit der Frage, ob Bienen, wenn man sie mit Heavy-Metal-Musik beschallen würde, statt Honig Senf produzierten. Eine entsprechende Versuchsreihe hatte er sich schon überlegt.

Plötzlich stürmte Igor, der Hausdiener, ins Arbeitszimmer und riss Ernst Wotan Schmitt-Bauer jäh aus seinen Gedanken: „Meister, die Lady ist aus der Stadt zurückgekehrt. Ich habe getan, was ich konnte, aber sie bestand darauf, die Kutsche selbst zu lenken. Bitte bestraft den armen Igor nicht zu hart."

Der Professor wollte nie einen Igor, er wollte lieber einen Butler Modell Johann, aber irgend so ein neureicher Schnösel in einem seltsamen schwarz-gelben Bademantel hatte ihm den letzten Johann weggeschnappt und so blieb ihm nur ein Igor übrig. „Vergiss es, Igor, pack die Ausrüstung zusammen, wir machen eine Expedition in den Kongo."

Wenige Tage später ritt sein Team durch den Sand der ägyptischen Wüste. Alle saßen sie auf stolzen Arabern, nur für Igor war keiner mehr übrig geblieben und so musste er sich mit einem Kamel begnügen.

Erbarmungslos brannte die Sonne vom Himmel und die Männer schwitzten, der Professor jedoch nicht. Schon vor langer Zeit hatte er sich die Achselhöhlen zutätowieren und dann von der Firma DuPont mit Klarlack versiegeln lassen.

Auf einmal blieb Igors Kamel stehen. „Was ist los, Igor? Warum kommst du nicht nach?", rief Professor Schmitt-Bauer nach hinten. „Meister, ich habe das Kamel abgewürgt und jetzt springt es nicht wieder an! Bitte schlagt den armen, alten Igor nicht zu hart dafür", schallte es zurück. „Dann nimm es auf den Rücken, Igor", antwortete er. „Wir müssen weiter, aber wir halten an der nächsten Werkstatt, versprochen."

Der heißblütige Araber, auf dem Schmitt-Bauer saß, stieg hoch. Er rief etwas, das nach „Halili fatach fatach arahàsh bin iben sumohkum merhabber!"[2] klang. Obwohl der Professor nicht verstand, kraulte er seinen Reit-Orientalen hinter den Ohren. Das schien den Mann zu beruhigen, der daraufhin seinen Herrn anstandslos weitertrug.

Einen Monat später hatten sie die Grenze zum Sudan erreicht. Sie hatten an der Werkstatt allein drei Wochen auf die Ersatzteile für das Kamel warten müssen. Schon als der Mechaniker die Motorhaube anhob, stieg dicker, schwarzer Rauch auf. „Oh, oh, oh, dat wird nich billich",

2 Übersetzung: „Warum reitet der weiße Mann auf mir und krault mich im Gegenzug nicht mal hinter den Ohren?"

hatte er gesagt. Sein Name war Ralle ibn Mustafa ibn Achmed bin Raschinski III. Er stammte aus einer alten Kamel-Mechaniker-Dynastie aus Dortmund, die vor langer Zeit in die Wüste emigriert war, da sie in Deutschland keine Arbeit fand. „Das is hier n kompletter Totalschaden an nem 74er Opel Kamel, da hab ich keine Ersatzteile für da, dat kann ich Ihnen sagen."

Von dem Expeditions-Team war kaum noch was übrig. Die Männer waren entweder verdurstet oder vor Hitze wahnsinnig geworden. Professor Schmitt-Bauer zählte am Grenzübergang, wie viele es bis hierher geschafft hatten. Von hundertdreißig Forschern und Sherpas waren neben Igor, Kleingeld und Hagen nur die Schlittenhunde übrig geblieben, den Rest hatte die Sonne zu traurigen kleinen Schrumpelmännlein vertrocknet.

Plötzlich passierte etwas Seltsames ... Die Pferde verwandelten sich für den Bruchteil einer Sekunde in Zebras und liefen dann weiter, aber als Pferde VERKLEIDET! Jetzt erwischte es ihn anscheinend selbst – der gefürchtete Hitzschlag. Er musste umkehren, die Expedition abbrechen. Das Risiko war zu groß. Das konnte er seinen Männern gegenüber nicht verantworten.

Noch bevor sie den Kongo überhaupt erreicht hatten, mussten sie umdrehen. Wahrscheinlich würden sie alle auf dem Rückweg durch die Wüste sterben. Da kam dem Professor eine Idee: Sie hätten auch einfach mit dem Flugzeug fliegen können!

Wenige Stunden später saßen Kleingeld, Hagen, Ralle, den sie einfach mitgenommen hatten, und er selbst in der ersten Klasse eines Fliegers, nur für Igor war mal wieder kein Platz gewesen. Er hatte sich an den Tragflächen festkrallen müssen, was anfangs noch echt schwierig gewesen war, doch jetzt hatten sie ihre Reiseflughöhe erreicht und sofern der Professor das durch die Fenster beurteilen konnte, war Igor mittlerweile 1a festgefroren. Alles klar, dachte Ernst Wotan und zog die Blende des Fensters zu. Welche Abenteuer und Mysterien mochten ihn wohl im Kongo erwarten ...

Nanu? Die Geschichte reißt kurz vor ihrem Höhepunkt auf einmal ab? „Wie kann das sein?“, fragst du dich jetzt bestimmt. Das, mein lieber Leser, hat nichts damit zu tun, dass die Geschichte schon jetzt das Fünf-Minuten-Zeitlimit eines Poetry-Slam-Textes weit überschritten hat – nein, es handelt sich dabei um einen von mir geschickt platzierten Cliffhanger!

Die Geschichte wird nämlich im nächsten Buch fortgesetzt.

Das ist eine ganz perfide Marketingstrategie ...

Wie bitte? Übler Kommerz soll das sein?

Na, hör mal, von irgendwas muss ich doch auch leben, oder?

Machen wir lieber mit dem nächsten Text weiter ...

Aus der Reihe: „Kurz und unangebracht" – III

Postkarten aus Guantanamo

Liebe Mutter,

mir geht es gut. Das Essen schmeckt und die Sonne scheint den ganzen Tag. Die anderen Kinder aus der Reisegruppe ärgern mich zwar, aber wenigstens machen wir viele lustige Sachen in unserem Feriendorf.

Auf der anderen Seite der Karte siehst du den Strand, den man von meinem Fenster aus sehen könnte, wenn ich ein Fenster hätte.

Herzliche Grüße

dein Eugen-Jonathan

PS: Ich glaube, mein Taschengeld reicht nicht für die Süßigkeiten.

Igel-Geschichten

Peter Reichenbach, 39 Jahre alt, Fern- und Kurierfahrer, raste durch die Nacht. Seit 12 Stunden war er jetzt auf Achse. Die Geschäfte liefen schlecht in der kleinen Speditionsfirma. Leute waren entlassen worden, doch er hatte Glück gehabt, dafür musste er allerdings nun die Tour von zwei Fahrern bewältigen.

Seine Augenlider schienen aus Blei zu sein, aber die Chemikalien für das Fotolabor mussten ankommen. Der Lieferwagen überrollte irgendwas. Er geriet ins Schlingern. Auf einmal hellwach, gelang es Peter Reichenbach gerade noch, den Wagen unter Kontrolle zu bringen. Ein Blick in den Spiegel:

Nur ein Igel, oder so. Alles klar.

Ihm fielen fast die Augen zu …

Melanie Christoph, 20 Jahre alt, Studentin, schlenderte durch die Nacht nach Hause. Ein Lieferwagen preschte an ihr vorbei und ließ ein trauriges Etwas da zurück, wo ein waghalsiger Igel die Straße zu überqueren versucht hatte. Lange betrachtete sie den zerquetschten Kadaver des Tieres. Nachdem der erste Anflug von Ekel vergangen war, wurde Melanie von einer seltsamen Melancholie erfasst. Das Blut, die abgeknickten Stachel und die Innereien, all das vermengt zu einer grausamen Farbe und von den

Reifen wie im Druckverfahren auf die schwarze Leinwand aus Asphalt aufgetragen.

Melanie weinte fast, als sie ihre Kamera hervorholte und die Szenerie digital festhielt. Zu Hause legte sie einen Schwarzweißfilter über das Bild, dann lud sie es bei Facebook hoch.

Berührt klickten noch in derselben Nacht 154 ihrer Freunde auf „Gefällt mir".

Um Mitternacht auf der anderen Seite der Stadt traf sich Frau Reichenbach mit ihrem Liebhaber. Er hatte kein Kondom und sie die Pille nicht genommen, aber es war ihr egal, weil sie sich einsam fühlte.

Zur gleichen Zeit machte Robert S. sich für seinen allnächtlichen Rundgang zurecht. Tagsüber war der 19-Jährige Azubi im Labor für Fototechnik der Polizei, nachts rannte er nur mit einem Baseballschläger bekleidet durch die Straßen und erschlug Igel – so auch heute.

Neun Monate später …

Melanie ist mit ihrem Foto „Vergänglichkeit des Seins Teil 1 – Igelinstallation" bekannt geworden. Ein paar Fotowettbewerbe hat sie gewonnen und ihre Internetseite www.unterArt.org wird täglich rund 2.250-mal aufgerufen. Neuerdings nennt sie sich Mel C. Auch ihre anderen Fotografien von überfahrenen Kaninchen, Wildunfällen und aufgespießten Vögeln sind in gewissen Kreisen sehr begehrt.

Heute Abend ist ihre erste eigene Ausstellung, für die sich Melanie ein besonders Outfit überlegt hat. Mit Gel formt sie aus ihrem dunklen, kurzen Haar eine Igelfrisur, die sie durch gelbe Gummistiefel, eine Netzstrumpfhose und eine Skijacke ergänzt. Sie will mit ihrer Kleidung gegen gesellschaftliche Konventionen rebellieren und provozieren.

Anselm Groeben, 28, Kunstsammler, Hipster und Kassierer bei Penny, geht zur Ausstellung einer jungen Künstlerin in einer kleinen, unbekannten Kellergallerie. Nur sie schafft es seiner Ansicht nach, die Sinnlosigkeit des Lebens und das Tierische im Menschen richtig einzufangen. Ihre Internetseite befindet sich auf Platz eins seiner Favoriten und er hat vor, einige ihrer Werke zu kaufen, weil sie sich gut in seinem Bad machen würden.

Danach wird er sich mit einer Frau in einer Bar treffen, mit der ihn nichts verbindet außer dem gemeinsamen Geschlechtsakt.

Sandra Reichenbach ist allein. Ihr Mann ist Fern- und Kurierfahrer und selten zu Hause. Dann sehnt Sandra sich nach ihrer Affäre, die sie noch in dieser Nacht treffen wird, um ihm zu sagen, dass sie von ihm im neunten Monat schwanger sei.

Währenddessen steht Robert S. nackt vor dem Spiegel und streichelt seinen Baseballschläger. Gleich ist es Mitternacht …

Mel C. schlendert von der Galerie heimwärts. Bedauerlicherweise hat ihr Outfit weit weniger Aufregung erzeugt, als sie gehofft hatte. Ein paar ihrer Fotografien jedoch wurden tatsächlich verkauft. Sie ist glücklich.

Fern- und Kurierfahrer Peter Reichenbach jagt über die nächtlichen Straßen. Ziemlich lange war er jetzt nicht mehr daheim und er fragt sich, was seine Frau wohl gerade tut.

Zur selben Zeit sitzt Sandra Reichenbach in einer Bar. Im Hintergrund läuft ihr unbekannte Musik. Sie wartet …

Robert S. ist in diesem Moment auf der Pirsch. Er hat hinter einer Hecke einen Igel ausgemacht. Langsam schleicht er sich an und holt aus …

Melanie Christoph geht an einer Hecke entlang. Bald ist sie zu Hause.

Robert S. zielt …

Mel C. hört ein Rascheln ...

Er schlägt zu ...

Der Baseballschläger trifft sie mitten auf der Schädeldecke.

Im gleichen Augenblick platzt Sandras Fruchtblase. Ein geistesgegenwärtiger Barkeeper ruft den Krankenwagen. Das Kind kommt drei Wochen zu früh.

Zufrieden zieht Robert S. von dannen. Gerade hat er einen besonders großen Igel erlegt, das bedeutet eine ordentliche Kerbe auf seinem Schlagholz. Dass an dem Igel ein Frauenkörper hing, stört ihn nicht.

Anselm betritt die Bar. Sandra ist nicht da. Gut. Er wollte eh mit ihr Schluss machen, weil sie fett geworden war. Dafür hatte er drei neue Fotografien, an denen er sich erfreuen konnte.

Melanie ist tot. Das weiß sie. Es ist dunkel und sie fühlt sich warm und geborgen. Dann: ein Licht! Sie fühlt sich unbehaglich, ohne zu wissen, was vor sich geht. Etwas drückt sie nach vorne. Immer stärker. Auf einmal ist alles nass und schleimig. Um sie herum wird es enger und heller. Alles an ihr schmerzt.

Plötzlich ist Melanie frei. Ein grelles Oberlicht strahlt direkt in ihre unterentwickelten Augen. Sie schreit. Ein Weißkittel mit Mundschutz hält sie auf dem Arm.

Sandra Reichenbach hat gerade ihr erstes Kind geboren. Es ist ein Mädchen und nicht von ihrem Mann.

Anselm ist äußerst zufrieden. Von einem Azubi aus dem Fotolabor der Polizei hat er unter der Hand das letzte Werk der Mel C. gekauft. Dabei handelt es sich um eine Aufnahme der Spurensicherung von Melanie Christophs Leiche. Sie ist selbst zu ihrer Kunst geworden. Die Ironie an der Sache gefällt Anselm. Er findet das unbezahlbar, da sind die 250 Euro, die dieser Robert aus dem Fotolabor haben wollte, kein Preis.

Anselm tritt auf die Straße …

Gleichzeitig rast Peter Reichenbach durch die Nacht. Sein Herz pumpt eine 1:1:1-Mischung aus Blut, Kaffee und Speed durch seine Adern. Seit 26 Stunden ist er jetzt wach, aber er muss ins Krankenhaus. Er ist Vater geworden.

Sein Lieferwagen überrollt irgendwas. Ach, bestimmt nur ein Igel …

Anselm ist tot. Das weiß er.

Blumenkohl im Sommerwind

feat. Fabian Navarro

Der Regelzwerg im Regelberg
Der schreibt an einem Regelwerk
Und unser toller Deoroller
Wird nicht leerer, sondern voller.
Wenn das Ding auch rückwärts lebt
Es trotzdem in den Achseln klebt.
Ein Lügenbold mich trügen wollt'
Worin er sich noch üben sollt'.
Für seinen Zwerg im Westerwald
Verklagt er mich auf Unterhalt.
Doch nur weil er sich Rinder hält
Zahl ich ihm doch kein Kindergeld!
Und weil es keinen Sinn enthält
Wird das Gedicht jetzt eingestellt.

Maximale Aufzuglast 1.300 Kilogramm

Maximale Aufzuglast 1.300 Kilogramm
Oder 17 Personen
Das soll uns beruhigen
Ein Placebo für unsere Seele

Maximale Aufzuglast 1.300 Kilogramm
Man muss dem Aufzug vertrauen
Man stellt den Aufzug nicht in Frage
Aufzüge sind sicher

Maximale Aufzuglast 1.300 Kilogramm
Oder 17 Personen
Das soll uns beruhigen
Ein Placebo für unseren Verstand

1.300 Kilogramm
Das sind 26 Prozent eines Elefanten
Die Filet-Stücke eines Dickhäuters in einem Aufzug
Maximale Aufzuglast ¼ Elefant
Oder 17 Personen
Das soll uns beruhigen
1.300 Kilogramm
Das sind 14.284 Hamster
Gepresst auf 10,5 Kubikmeter

Maximale Aufzuglast 14.282 Hamster
Oder 17 Personen
Das soll uns beruhigen
1.300 Kilogramm
Das sind 4 … Amerikaner
Oder 17 Personen
Das soll uns beruhigen

Ein andalusischer Hund

In der Innenstadt steht ein Straßenmusikant, der furchtbar falsch und schief spielt. Da kommt eine Gruppe nackter Männer vorbei, die, als sie ihn sehen, eine Geste machen, als fassten sie sich in die Hosentasche.

Plötzlich sind ihre Hände mit Kleingeld gefüllt und sie werfen das Kupfer auf den Musikanten. Danach ziehen sie weiter zum Theater.

Die Straße in der anderen Richtung herunter steht eine Bar. Ihr Boden ist bedeckt mit Zigarettenpackungen, Nussschalen und klebt leicht.

Rauch hängt unter der Decke und wabert um die Lampen-Schirme. In der Ecke sitzt eine Gruppe Anzüge und raucht dicke Zigarrenschachteln. Sie trinken eine Flasche Scotch und lachen über schlechte Pointen: *„Das Problem ist: Ich hab's gestern vergessen Ihnen zu sagen! HAHAHAHA!"*

An der Theke sitzt ein rotes Cocktail-Kleid und nippt am Glas. Da kommt eine Lederjacke hinzu und sagt: *„Komm mit, ich zeig dir meinen Wandschrank."* Das Cocktail-Kleid verpasst ihm eine Ohrfeige.

Vor der Bar stehen zwei Männer. Der eine ist zerlumpt und schlägt einen augenscheinlich sehr reichen Mann mit einer Plastiktüte, wo ein Käsebrot drinne is.

Der reiche Protz wirft in graziler Haltung Rolex-Uhren, Kaviar und Hummer nach seinem Rivalen.

Ein Klümpchen Fisch-Laich trifft den armen Mann im Auge; blind stürzt er zu Boden. Der Sieger zieht einen Golfschläger und bringt die Sache zu Ende, dabei schreit er immer wieder: *„In einer Welt, in der alles möglich ist, ist es egal, ob etwas gut oder schlecht ist!“*

Danach durchsucht er den anderen, nimmt das Münzgeld, wirft es in einen Hut und setzt sich dahinter auf den Boden.

Auf der anderen Straßenseite steht eine Gruppe Frauen und sie wiegen ihre Kinder auf den Armen. Jeder der Säuglinge hat einen Fernseher, da, wo der Kopf sein sollte.

Sie blicken in das Schaufenster eines Ladens, in dem Baby-Köpfe in Reihen ausgestellt sind. Ein Mann mit einer Fernbedienung steht dahinter und schaltet sie einen nach dem anderen ein, worauf die Köpfe sofort zu plärren beginnen:

„Rufen Sie an und gewinnen Sie drei ... ach, komm, fünf Geldpakete und einen kostenlosen Einlauf. Schnell, schnell, schnell, der Hot-Button! Ohhhargh! Der Hot-Button! Ich raste AUS! Schnell, ruft an und sag mir endlich einer: Was ist die Farbe von Grün? Zugeschlagen! Was ist Ihre Lösung?“

„Ähm ... hallo, mein Name ist Günther ..."

„Falsch, falsch, falsch! Und außerdem ist die Farbe von Grün nicht BACKFISCH!"

Tief, tief unter dem Studio in einer Kanalisation unter der Kanalisation, wo die Scheiße ihre Scheiße hinabspült, lebt der Moloch.

Er sitzt da auf seinem Thron aus VHS-Kassetten und lauscht in die Welt hinauf. Alles Schlechte und Zweideutige und Minderwertige, alles, was stört, verblödet und siecht, nimmt er in sich auf.

Und der Moloch wächst und wächst und wächst.

Er hat keine Augen und keine Nase, aber große Ohren und ein sabberndes Maul, was man jedoch nicht sieht, weil er eine Schweine-Maske trägt.

Ein Streichquartett spielt darüber, doch niemand hört es, denn daneben steht die Bibliothekarin und macht „Sh!", aber die Bibliothek ist leer, bis auf einen Zwerg, der Bücher aus dem Regal nimmt.

Er wirft sie vor sich hin und hüpft auf ihnen zum nächsten Regal. Dort angekommen holt er sein Schifferklavier raus und beginnt zu spielen.

Da rennt die Bibliothekarin zu ihm herüber und macht „Sh!", der Zwerg hört auf zu spielen, doch in dem Moment setzen die Streicher wieder ein und die Frau rennt zurück, als sie ankommt und sh-t, spielt der Zwerg wieder.

Sie rennt zurück. Sh!
Die Streicher. Sh!
Die Frau. Sh! Sh!
Die Streicher. Sh!
Die Frau. Sh! Sh!
Der Zwerg. Sh!
Die Frau. Sh! Sh!
Die Frau! Sh! Sh! Sh!
Zwerge, Streicher, die Frauen!
Sh! Sh, Sh, Sh, Sh, Sh, Sh, Sh, Sh, Sh, Sh!

Die Bibliothekarin hat sich in eine Dampflok verwandelt, die von Station zu Station pendelt, wobei Zwerg und Streicher langsam zu zwei Kopfbahnhöfen werden.

Und ich sitze in der Lok und ziehe mir das Gesicht von der Haut und darunter kommt ein Arsch zum Vorschein, aus dem Worte tropfen wie Blut aus dem kaputten Wasserhahn einer Badewanne.

Am Grund hat sich schon eine kleine Pfütze gebildet und auf einmal bemerke ich, dass ich in der Badewanne sitze. Ich trage einen Neopren-Anzug und ich schreie.

Ich schreie mir die Seele aus dem Leib, weil ich ertrinke und niemand da ist, um mir zu helfen.

Ich strample in der Pfütze und schreie und flehe, doch niemand hilft mir.

Es ist kalt.

Ich reibe mich mit Geld ein und spüre, wie die Kälte sich auf meiner Seele, aber ein Lächeln auf meinem Gesicht und ein warmes Gefühl in meiner Brieftasche ausbreiten. Auf einmal verschwinde ich.

Drei Tage später finde ich mich selbst in der sechsten Dimension wieder, womit mein Selbstfindungsprozess endlich abgeschlossen ist.

Um mich her sehe ich einzelne Socken. Klagend rufen sie nach ihren Partnern, die in den Wäschetrocknern der Wirklichkeit zurückgeblieben sind. Ich ernähre mich von Klischees. Sie schmecken wie Hühnchen.

Und wer alle Metaphern und Symbole in diesem Text verstanden hat, DER DARF SIE BEHALTEN!

Sabine

Ach, Sabine …! Was täte ich nur ohne sie?

Als wir uns kennen lernten, war es Liebe auf den ersten Blick – bei uns beiden. Seitdem sind wir ein Paar und die Leute gucken immer ganz komisch, wenn wir zusammen die Türe aufmachen. Ganz seltsam schauen sie dann.

Von Neid bestimmt, wenn sie sehen, was für eine tolle Frau ich habe. Besonders die Postbotin starrt immer auf Sabine und vergleicht sie dann wahrscheinlich mit ihrem Partner.

Und dann guckt sie immer ganz mitleidig.

Selbstmitleid vermutlich, weil Sabine und ich so ein tolles Paar sind. Sie ist eigentlich die Einzige, die mal bei uns klopft wegen Paketen und so.

Sabine mag keine anderen Menschen neben mir. Außerdem geht sie nicht gern vor die Tür. Das kann ich verstehen.

Ehrlich gesagt, begegnen Sabine und ich nur ihr als Paar.

Wir wohnen noch nicht lange hier, denn bis vor kurzem habe ich noch bei meiner Mutter gewohnt. Die ist aber nach Kroatien zu ihrem Pop-Sänger gezogen, den sie aus dem Internet kennt.

Auf ihrer letzten Postkarte stand, dass es ihr gut geht und dass es ihr gar nichts ausmacht, jetzt als Zwangsprostituierte zu arbeiten.

Vater wollte mich auch nicht. Er meinte, mit 43 sollte man nicht mehr bei seinen Eltern wohnen. Mama hat das nie gestört.

Jedenfalls wohne ich jetzt alleine und nur die Postbotin kommt mal vorbei. Aber ich mag die nicht. Die weckt mein Binchen am Wochenende immer so früh.

Dann geht das immer: „Guten Tag, könnten Sie ein Paket für Ihre Nachbarn annehmen?"

Aber das kann ich nicht, nachher wollen die Nachbarn ins Haus! Sabine will keinen Fremden im Haus. Sie will außer mir überhaupt niemanden im Haus.

Das kann ich verstehen.

Dann muss ich mir immer irgendwelche Ausreden einfallen lassen, obwohl ich eigentlich nicht lügen mag. Doch für Sabine mach ich das. Ich mache sowieso, was sie will.

Schließlich möchte ich es mir mit ihr nicht verscherzen.

Ich weiß noch, wie ich Sabine im Erste-Hilfe-Kurs kennen gelernt habe. „Wir wollen jetzt die Herz-Lungen-Wiederbelebung üben. Dabei hilft uns unsere Trainingspuppe – Little Anne", sagte die Lehrerin.

Sie stellte eine Tasche auf den Tisch, und als die Lehrerin sie öffnete – da war es um mich geschehen. Little Anne? Das war doch kein Name für sie!

Ich beschloss, sie Sabine zu nennen.

Es war mir auch egal, dass sie keine Arme und Beine hatte. Ich bin da sehr tolerant. Für mich war Sabine perfekt. Ich liebte sie – vom ersten Augenblick.

Und ich wusste, dass sie mich auch liebt. Sie hat es mir zugeflüstert, als ich an der Reihe war. Darum wäre ich auch fast vor Eifersucht geplatzt, als die alle an ihr rumdrückten und sie beatmeten. Nur ich sollte Hand an sie legen dürfen! Sabine musste befreit werden.

Nach dem Unterricht schlich ich mich noch mal in den Raum, packte die Tasche, in der Sabine gefangen war, sowie die Tüte, die ihre Gesichter enthielt, und rannte davon.

Zu Hause angekommen mussten die Gesichter erst mal gründlich gespült werden. Sozusagen, um ihre Vergangenheit abzuwaschen.

Aber als ich Sabine dann eines ihrer sauberen neuen Gesichter aufsetzte, sah sie so dankbar aus. Das konnte ich verstehen. Schließlich hatte ich sie gerettet.

Ich umarmte sie dann ganz fest, bis sie zufrieden einmal leise knackte.

Es stellte sich heraus, dass es eine gute Idee gewesen war, die ganzen Gesichter mitzunehmen, denn so konnte ich jeder ihrer Stimmungen den richtigen Ausdruck verleihen.

Glücklich lebten wir vor uns hin, nur hin und wieder von der Briefträgerin besucht.

Doch irgendwann begann ich an Sabines Liebe zu zweifeln. Sabine hatte kein Herz. Das wusste ich.

Als sie schlief, habe ich ihr einmal den Brustkorb geöffnet. Da war nichts! Nichts außer einer Stahlfeder, die das Knacken machte, wenn ich Sabine doll umarmte.

Wie kann man ohne Herz lieben? Sie spürte wohl meine wachsenden Zweifel und wurde unzufrieden mit mir. Immer öfter trug Sabine dann ihr trauriges Gesicht.

Und das machte mich wütend und traurig – so sehr, dass ich sogar einmal die Briefträgerin angeschrien habe. Eigentlich wollte ich das nicht. Die hatte ja gar nichts damit zu tun.

Bald hatten Sabine und ich unseren ersten richtig großen Streit. Da musste ich sogar auf der Couch schlafen, ohne mein Binchen. Das konnte ich nicht verstehen.

Ich wollte, dass das aufhört, und die einzige Möglichkeit, die mir in den Sinn kam, war, dass Sabine ein Herz brauchte, damit sie mich wirklich lieben konnte.

Ich habe ihr dann eines gebastelt. Nach dem Artikel über Herzen bei Wikipedia. Aber, als ich es ihr zeigte, da wollte sie es nicht. Sie brüllte mich an, das heißt – nicht wirklich –, sie teilte sich mir über das Knacken in Morsezeichen mit.

Sie war jedenfalls höllisch wütend. Das konnte ich nicht verstehen. Ich wollte doch nur, dass sie mich wirklich lieben kann.

Eines Tages kam mir dann die Idee. Ganz egal, was Sabine mir gesagt hatte, bat ich die Postbotin herein und nahm mir, was ich brauchte.

Sabine war so wütend auf mich, weil ich eine Fremde ins Haus gelassen hatte, dass sie gar nicht mehr mit mir spricht.

Gut, vielleicht liegt das auch daran, dass ihr neuerdings die Stahlfeder in der Brust fehlt.

Wenigstens kann ich mir jetzt uneingeschränkt sicher sein, dass mein Binchen mich von ganzem Herzen liebt.

Tagebuch eines Verschollenen in einem bekannten schwedischen Möbelhaus
Teil I

Tag 1 – Wo bin ich?
Habe mich im IKEA verlaufen! Wollte eigentlich nur einen Tausender-Beutel Teelichte für meine Freundin kaufen, um zu sagen: „DA, Schatz! Da, nimm sie hin. Es sind Teelichte. Ich habe sie für dich gejagt, damit du keine mehr brauchst – nie mehr!

Ich sah tausende und abertausende von Teelichten und hab sofort an dich gedacht, obwohl du nicht das hellste unter ihnen bist ...“ – Überlege mir, ob ich das wirklich sagen will ... nein, so was sagt man nicht ...

Hab dann jedenfalls irgendwo zwischen Computertischen und Deko-Elementen die Orientierung verloren, noch bevor ich die Teelichte überhaupt erreicht hatte. Hat sich das auch geklärt.

Glaube, die Sonderangebote haben mich in eine fiese Falle gelockt. Schreibe dieses Tagebuch auf die Rückseite von IKEA-Einkaufszetteln.

Falls sie eines Tages meine verweste Leiche bei den Handtüchern finden, sollen sie wissen, wie ich verreckt bin, damit sie Warnschilder aufstellen können, auf denen steht:

„Smörrebröd, Smörrebröd, römpömpöm!“

Kein Ausgang in Sicht.

Zweite Woche – Abteilung Esstische
Heute mit mir diskutiert, ob ich nicht schizophren werde, um endlich einen Gesprächspartner zu haben. Fühle mich nämlich als einzelner Verschollener in der Gruppe der Kunden sozial isoliert.

Habe viel Zeit, mir solche Formulierungen auszudenken. Sehr viel Zeit …

Entschied mich dagegen, schizophren zu werden, konnte mich nicht davon überzeugen, hatte einfach die besseren Argumente … als ich.

Gerade *Bäbä* mit *Jamjam* gegessen. Schmeckt komisch, muss schwedisch sein.

Kein Ausgang in Sicht.

Dritte Woche – Abteilung Matten und Fußabtreter
Freundete mich wegen akuter Einsamkeit mit Borris und Pohäng an. Borris ist eine Fußmatte und Pohäng ein Sessel.

Zusammen klären wir Verbrechen auf und erleben die tollsten Abenteuer.

Nennen uns „Die Fünf Freunde".

Kein Ausgang in Sicht.

Dritte Woche, nächster Tag – Hier und da
Gerade noch mal durchgezählt … sind ja gar nicht fünf! Überlegen, ob wir uns in „TKKG" umbenennen.

Hab aber keine Lust mehr, Verbrechen aufzuklären. Passieren so wenige im IKEA.

Eine andere Möglichkeit gesucht, uns zu unterhalten. Wenn wir zu dritt sind, können wir eigentlich auch Skat dreschen.

Kein Ausgang in Sicht.

Dritte Woche, nächsterer Tag – Abteilung Krimskrams
Haben uns aus Lappen ein Skatblatt geklöppelt. Macht aber keinen Spaß. Pohäng versteht den Spruch: „7, 9 und Bauer stehen 'ne Mauer" nicht und Borris überreizt sich immer schamlos.

Mal gucken, ob Monopoly besser läuft ...

Am Nachmittag versehentlich auf Pohäng draufgesetzt. Na, das war ein Geheule! Ihm gesagt, er soll das Maul halten und sich nicht anstellen, er ist schließlich ein Sessel.

Da hat er gemeint, dass ich nur, weil ich so 'nen fetten Arsch hätte, noch lange nicht das Recht hätte, den allen ins Gesicht zu halten.

Haben uns dann später wieder vertragen.

Kein Ausgang in Sicht.

Neunter Monat – Zwischen Tischen und Schubladen
Liebes Tagebuch, ziehe wieder alleine durch den Dschungel. Hatte Streit mit Borris und Pohäng.

Meinte, dass Borris immer eine Fußmatte bleiben wird, wollte er nicht hören. Er glaubt, er würde eines Tages aus IKEA herausfinden und Märchenprinzessin in einem Schloss werden. Erwiderte darauf: „Bullshit, dat Einzige, wat du wirs, is Schmutzfänger vor dem Plumsklo", dann nannte Pohäng mich „schäbige Bitch".

Weinend davongelaufen, bin keine Bitch ... ziehe mich nur gerne sexy an.

Kein Ausgang in Sicht.

Nächster Tag – Bei Borris und Pohäng
Wieder daran erinnert, dass ich ein Mann bin. Erst mal Borris und Pohäng verkloppt. Sind jetzt wieder Freunde. Schon wieder.

Wollen aber immer noch kein Skat spielen. Na ja, jeder muss Kompromisse eingehen.

Kein Ausgang ... doch, da, ein Schild, auf dem klar und deutlich „Ausgang" steht!

Laufe los in die gewiesene Richtung, total aufgeregt, laufe immer schneller, kann kaum schreiben beim Laufen.

Borris kommt nicht hinterher und bleibt zurück. „Lasst mich hier liegen, alleine könnt ihr es schaffen", ruft er.

Halte an und frage ihn, ob er seinen Traum von der Märchenprinzessin schon vergessen hat. Er rappelt sich auf.

Laufen zu dritt der Freiheit entgegen ...

Laufen jetzt seit gut einer halben Stunde im Kreis. Diese verfluchten Ausgangsschilder haben uns in eine Falle gelockt, nun tanzen sie um uns herum, zeigen mit ihren Fingern auf uns und singen hämische Spottlieder.

Werden es wohl nie schaffen.

Zu viel Ausgang in Sicht.

Zweiter Frühling – Abteilung Radio
Irgendwie werden die Fußmatte und der Sessel immer abgedrehter. Seit sie im Radio die Hip-Hop-Top-10 gehört haben, möchten beide Gangster-Rapper werden.

Borris nennt sich jetzt „Big B. aka the flat Bro“ und Pohäng ist auf einmal „Grandmaster Sitz“. Zusammen sind sie DEKO FRESH und kommen aus dem bestmöblierten Ghetto ever.

Der erste Track der Fußmatte Big B. mit dem Titel „Die Leute steh'n auf mich“ strotzt vor schlechter Grammatik, unreinen Reimen und zu viel Selbstbewusstsein.

Grandmaster Sitz geht etwas subtiler vor mit seinem Abrechnungs-Diss-Track „Setz dich nich auf mein Gesicht, du Arsch“.

Kann dem nicht folgen, will ich auch gar nicht. Unternehme einen letzten Versuch, sie zu heilen und unsere Freundschaft zu retten, stelle dazu alle Radios auf „Hitradio Super Gaudi“ und reiße die Drehregler ab!

Hilft alles nichts, und ich gebe es auch auf.

Trau mich nicht, nach Ausgängen zu schauen.

Ende Teil I

Tagebuch eines Verschollenen in einem bekannten schwedischen Möbelhaus Teil II

The day after tomorrow – Immer noch Abteilung Radio

Schreckliche Dinge sind seit dem letzten Eintrag geschehen, liebes Tagebuch. Die DEKO-FRESH-Crew hat sich zerstritten.

Borris und Pohäng haben dann zwei verfeindete Gangs gegründet wie die Bloods und Crips, nur mit Fußmatten und Sesseln.

Am Anfang haben sie sich nur in Rap-Batteln gedisst – so:

Deine Mama war ein Schrank
und dein Vater ein Besteck-Tisch.
Guck mal, wie du aussiehst,
geh nach Hause und versteck dich!

Aber dann wurde es immer schlimmer. Fingen an, gegeneinander Krieg zu führen. Habe ihnen mit Tine Wittler gedroht, half jedoch nichts.

Eines Tages waren die Gänge dann voll mit den leblosen Körpern der verfeindeten Einrichtungsgegenstände. Gott, diese Bilder verfolgen mich in meinen Träumen.

Tine hat dann alles eingesammelt, diese mobilareske Totengräberin.

Glaube, heimlich ernährt die sich von dem ganzen alten Kram, den die aus den Wohnungen rausholt.

Kein Ausgang in Sicht.

Independence Day – Im IKEA-Restaurant
Trauere um Borris und Pohäng. Wollte nur eben rausfinden, was „Köttbullar" eigentlich auf Deutsch heißt, hab aber statt „Köttbullar" „Köt bullar" in meinen Übersetzer eingegeben.

Vor Entsetzen laut aufgeschrien, Leuten das Essen aus den Händen geschlagen und sie aufgeklärt.

Riesen-Aufstand!

Dann noch mal richtig nachgeguckt. Oh, „Köttbullar" heißt tatsächlich „Fleischbällchen"...

Wie langweilig!

Hab lieber weiter verkündet: „‚Köttbullar' heißt ‚Kotbrötchen'!"

Kein Ausgang in Sicht.

D-Day – Irgendein Hinterzimmer
Wachte vor dem Schreibtisch des Ladendetektivs auf. Schrie mich 'ne halbe Stunde lang wegen der Restaurant-Sache an und meinte, nun müsse ich seinen Laden verlassen.

Fang an wahnsinnig zu lachen und erkläre ihm, dass das nicht geht. Meint, wenn ich mich weigere, würde er mir zeigen, was man hier unter Folter versteht.

Sage zu ihm, dass ich keine Angst vor seiner Streckbank und so habe.

Ladendetektiv sagt zu mir, dass er was Besseres kennt.

Plötzlich wird alles schwarz ...

D-Day + 1 – Orientierungslos
Kam langsam wieder zu mir. Ladendetektiv hatte mich ins Småland gesperrt.

Steht jetzt über mir und flüstert nur ein Wort: „Waterboarding".

Werde zum Bällebecken geschleift.
Verliere wieder das Bewusstsein.

D-Day + 2 – Småland
Detektiv ist weg.

Tolle Neuigkeiten: Habe beim Tauchen im Bällebecken einen anderen Verschollenen gefunden. Wollte ihn eigentlich „Freitag" nennen. Weiß aber gar nicht, welcher Wochentag heute ist.

Nenne ihn darum einfach „Viertelvorvier".

Viertelvorvier ist Japaner. Spricht mit mir in dem, was er für Englisch hält.

Antworte in dem, was ich für Englisch halte.

Wir verstehen uns nicht. Haben aber trotzdem viel Spaß im Småland.

Hänseln zusammen einen kleinen Jungen, der Eugen-Jonathan heißt. Finde, das ist Grund genug, ihn zu hänseln.

Kein Ausgang in Sicht.

Tag 365 – Schränke
Bin jetzt exakt ein Jahr hier, darum feiern Viertelvorvier und ich.

Verstecken uns in Schränken.

Springe heraus, wenn jemand die Tür aufmacht, und rufe: „Oh, danke, danke, danke, ich bin vor drei Tagen im Sägewerk eingeschlafen und dachte schon, ich wär tot! Alles war dunkel und dann plötzlich das Licht!"

Viertelvorvier brüllt auch irgendwas, verstehe zwar nichts, aber er scheint Spaß zu haben. Warum sucht eigentlich keiner nach uns?

Kein Ausgang in Sicht.

Holiday – Hinterm Geschirr
Linguistischen Durchbruch mit Viertelvorvier gehabt, liebes Tagebuch!

Sprechen jetzt beide eine Sprache, die nur aus IKEA-Möbel-Namen besteht, die mit dem zu tun haben, was man sagen will.

„Ich geh aufs Klo" heißt: „Sören millinge aufs öresund".

Man selbst ist immer Sören, Millinge ist ein Läufer aus der Teppich-Abteilung und Öresund eine Holzklobrille.

Weiß nun dank IKEArisch, dass Viertelvorvier Physik in Osaka studiert hat.

Gott, hat das lange gedauert, bis ich das verstanden habe.

Konnten nämlich keine vernünftige Vokabel für Physik finden.

Dingsbums Day – Schon wieder Schränke

Sind jetzt drei Tage durch den Laden gelaufen.

Viertelvorvier hat den Verdacht, dass der IKEA-Laden innen um ein Vielfaches größer ist, als er von außen erscheint.

Erzählt irgendwas von mehrdimensionalen Räumen, was ich nicht verstehe. Erst als er das Regalsystem Billy zu Hilfe nimmt, das auch viel mehr Stauraum bietet, als man von außen vermutet, begreife ich.

Plötzlich öffnet sich die sechste Dimension vor meinen Augen! Überall sind unglaublich geräumige Regalsysteme!

Billy!

Sören!

Pax!

Kein Ausgang ... ach, der Ausgang interessiert mich gerade überhaupt nicht!

Ich bin auf dem Möbel-Trip!

Teezeit – Wunderland
Tanze mit Teelichten durch die Täler der Transzendenz! Am IKEA-gelben Himmel fliegen Fußmatten in Formation!

Borris! Borris! Nimm mich zu dir!

Sessel grasen auf den blauen Weiden der geschmackvollen Einrichtung.

Pohäng! Du Friedlicher!

Führe mich in die ewigen Jagdgründe der Dekoration!

Ein Expeditionsteam zieht vorbei. Der Anführer schlägt einen buckligen Diener mit einer zusammengerollten Zeitung und brüllt ... etwas! –

Viertelvorvier holt mich in die Realität zurück.

Erlag dem Lagerkoller. Müssen hier dringend raus ...!

Kein Ausgang in Sicht!

Judgement Day – Lagerräume
Endlich!

Endlich, liebes Tagebuch!

Ein Ausgang!

Kann es nicht glauben.

Viertelvorvier ist sofort davongelaufen.

Rief ihm hinterher: „Lauf! Du wundervolles, ungezähmtes Wildpferd! Lauf! Du bist frei!"

Sitze vor dem Ausgang und überlege, was ich tun soll.

Soll ich zurück in die Welt, die ich kenne und in der ich mich zurechtfinde ... oder verlasse ich IKEA doch?

Sitze, sitze und sitze und kann mich nicht entscheiden.

Wäge das Für gegen das Wider ab. Mache Listen und führe Diskurse. Stunden, vielleicht Tage vergehen, dann habe ich eine Entscheidung gefällt ...

Nachtrag
Habe mich wieder im IKEA verlaufen.

Wollte ursprünglich nur einen Tausender-Beutel Teelichte für meine Freundin kaufen, um zu sagen: „Da, Schatz! Da, nimm sie hin. Es sind Teelichte."

Ende Teil II

Von dem merkwürdigen Zufall, dass zwei Männer in derselben Müllpresse landen

Einaktiges Drama für zwei Darsteller, ein Bühnenbild und ein halbes Kilo Mett

1. Akt – Finale

(aufwachend)
„He? Wo bin ich? Wie bin ich hierher gekommen? Was ist das hier?"
„Eine Müllpresse."
„Wer hat das gesagt?!"
„Das waren Wir."
„Wa-wa-wa-was? Wer, ‚wir'? Sind hier etwa noch mehr?"
„Majestäts-Plural – sagt ihm das etwas?"
„Majestäts-Plural? Was ist hier denn los? Wer bist du überhaupt?"
„Pass er auf, was er sagt! Wir sind immerhin König Manfred Uwe Günther Peter Ludolf-Wackerstein zu Hohenzollern der Ungerade und Wir regieren diesen Schrottplatz."
„Seit wann?"
„Wir sind hier seit … welcher Tag ist heute?"
„Dienstag."
„Sei es Dienstag, so sind Wir hier seit … neun Jahren."
„Neun Jahre?!"
„Es ist!"

„Wie zur Hölle bin ich hier nur hergekommen? Das kann doch hier nicht die Wirklichkeit sein. So was geschieht doch nicht in echt! Das muss ein Traum sein! Antworte mir, grimmiges Schicksal, träume ich? Und wenn nicht: Warum spielst du mir so übel mit? Warum ich? Warum das hier? Warum so bescheuert? Was hab ich den Göttern getan, dass sie mich mit einem bekloppten König in eine Müllpresse schleudern, auf dass ich mir sein debiles Gebrabbel anhören muss? Ist dies gar der Tartaros ...?"

„He, das war aber nicht nett von ihm!"

„Was?"

„Er nannte Uns einen bekloppten König und Unser Reden debiles Gebrabbel! Wir würden ihn für diese Ungehörigkeit in den Kerker werfen lassen, aber Unser Kerker ist die Müllpresse und da sind Wir schon!"

„Hä? Das war mein innerer Monolog, das konntest du gar nicht hören."

„Er hält innere Monologe? Für Uns klingt das gar nicht gesund. Vielleicht sollte er eine Tier-Therapie machen ... Genau, er kann Unser königlicher Haustierpfleger sein. Das wird ihm guttun."

„Königlicher Haustierpfleger? Welches Haustier?"

„Na jenes! Der königliche Mett-Igel! Ist er nicht prächtig? Wir nennen ihn Rolf!"

„Und ich soll den pflegen?"

„So sei es!"

(verzweifelnd) „Nein, nein, nein, das ist doch nicht real. Bitte, bitte, lass das nicht real sein!"
(nachäffend)„Nein, nein, nein, das ist doch nicht real, seht mich an, ich kann es nicht glauben, weil ich doof wie 'n Pfund Mett bin und alles, was von meinem normalen Alltag abweicht, für blanken Unsinn oder einen seltsamen Traum halte."
„Äffst du mich gerade nach?"
„Äffst du mich gerade nach?"
„Gut, dann sag ich nichts mehr!"
„Gut, dann sag ich nichts mehr!"
„..."
„..."
„..."
„Du bist ein Idiot!"
„Du bist ein Idiot!"
„He, machst du mich jetzt auch nach?!"
„He, machst du mich jetzt auch nach?!"
„Lass das! Das war meine Idee!"
„Moment mal, es war meine!"
„Quatsch, Wir sind der König, es war Unsere Idee!"
„Aber ... aber Wir sind doch der König!"
„Nein, im Ernst, ich bin der König."
„Hä? Ich dachte, ich bin es."
„Das kann doch wohl nicht wahr sein! Wir haben uns verwechselt?"
„Anscheinend. Das ist aber auch total doof gemacht vom Schriftbild her. Ohne Namen und so, kein Wunder, dass man da durcheinander kommt."

„Genau … warte mal, jetzt wo du es sagst, der von uns, der nicht der König ist … hat der überhaupt einen Namen?“

„Stimmt! Einer von uns hat gar keinen Namen!“

„Das geht einfach nicht! Solche Sachen passieren in der realen Welt nicht! Weißt du, was ich glaube?“

„Was denn?“

„Wir sind zwei Charaktere in einer Geschichte!“

„Echt?“

„Ja! Pass auf, das erklärt alles, warum einer von uns keinen Namen hat, wie wir uns verwechseln konnten, wie es überhaupt zu so einer unwahrscheinlichen Situation kommen konnte, dass jemand, ohne zu wissen wie, in einer Müllpresse landet, die dienstags von einem wahnsinnigen Eremiten bewohnt wird, der sich für einen König hält!“

„Vergiss den Mett-Igel Rolf nicht.“

„Ach, scheiß auf den Igel! Weißt du, was das bedeutet?“

„Ungenießbares Mett?“

„Hä? Nein! Wenn das hier eine Geschichte ist, dann muss es einen Autor geben, der uns diesen Mist eingebrockt hat!“

„Stimmt! Bei dem sollten wir uns beschweren!“

„Richtig! He, Autor, huhu! Wir wissen, dass du da bist!“

„Du glaubst doch nicht ernsthaft, dass du mit so einem Schwachsinn durchkommst?“

„Hol uns mal hier raus!“

„Du, der antwortet nicht.“
„Was sollen wir denn tun?“
„Irgendwas, was er nicht erwartet.“
„Genau! Ich weiß auch, was.“
(Etwas geschieht.)
„Ha! Damit hat er nicht gerechnet!“
„Ganz bestimmt nicht. Ich hab es ja selber nicht.“
(Die Müllpresse geht los.)
„Halt! Merkst du das auch?“
„Was?“
„Die Wände ... die Wände kommen näher!“
„Das ist völlig normal in einer Müllpresse.“
„Nein, das ist schlecht! Wir werden zerquetscht!“
„Ach so ... oh!“
„Er versucht, uns umzubringen!“
„Hilfe!“
„Nach wem schreist du?“
„Anderen Figuren?“
„Als ob die uns helfen, wenn der Autor versucht, uns zu töten!“
„Wer soll uns dann retten?“
„Ich weiß! Der Leser! Wenn der oder die nicht zu Ende liest, dann sterben wir nicht!“
„Und wenn doch?“
„Dann gute Nacht!“
„Okay, lieber, lieber Leser, bitte hör jetzt auf! Rette zwei armen, unschuldigen Charakteren das Leben!“
„Bitte, bitte, lies nicht weiter, nur du kannst uns vor dem Tod durch massive Abflachung bewahren. Mach einfach das Buch zu, reiß die Seite

raus, wirf das Blatt weg, blättere zur nächsten Geschichte, was auch immer! Wir wollen leben! Es liegt in deiner Hand."

„Genau! Denk daran, wenn du diese Geschichte zu Ende liest, dann ist es auch mit uns zu Ende. Bitte, bitte! Wir geben dir jetzt die Möglichkeit, uns zu retten. Hör auf zu lesen!"

„Wenn du nach meinem Satz nicht aufhörst, ist unser Schicksal besiegelt ..."

„Was machen wir jetzt?"

„Jetzt? Jetzt können wir nur warten."

„Der Leser hat sich für unseren Tod entschieden, nicht wahr?"

„Ich glaube auch. Ich hoffe nur, dass ihm oder ihr bewusst ist, dass damit Blut an seiner oder ihrer Hand klebt."

„Was mich interessieren würde, ist, warum er oder sie es getan hat."

„Neugier vermutlich."

„Glaubst du nicht, da steckt auch ein bisschen Mordlust dahinter? Immerhin haben wir ihn oder sie vorgewarnt?"

„Vielleicht ... Wer weiß das schon. Es wird aber bestimmt hauptsächlich die Neugier gewesen sein. Ich würde auch wissen wollen, was mit uns passiert ..."

„Mhm ... die Wände kommen immer näher ..."

„Das ist völlig normal in einer Müllpresse."

Die Müllpresse schließt sich –

Die 6. Dimension

Ex-Professor Hartmann saß nun schon anderthalb Stunden am Frühstückstisch. Seit er nicht mehr für die Universität arbeitete, hatte er morgens und auch den Rest des Tages viel Zeit. In seiner Entlassung stand etwas von „gefährlichen Experimenten“ und „unratsam angewandter Quantenmechanik“, doch Hartmann war sich ziemlich sicher, dass sie ihn für verrückt hielten, und hätte man ihn gefragt, so hätte er geantwortet, dass man ihn exkommuniziert habe.

Er nahm die Zeitung auf, die er heute Morgen beim Bäcker gekauft hatte. Ein äußerst ärgerlicher Umstand, immerhin war er Abonnent, doch in letzter Zeit kam die Briefträgerin nicht mehr. Wie er vorhin beim Brötchenkaufen aufgeschnappt hatte, war sie auf ihrer täglichen Tour wohl einfach spurlos verschwunden. Sollte dies der Wahrheit entsprechen, war das ebenfalls äußerst ärgerlich, denn seit geraumer Zeit erwartete der ehemalige Akademiker einen Brief von seinem Freund und Ex-Kollegen Professor Schmitt-Bauer, welcher sich zur Zeit auf einer gefährlichen Expedition befand, um den Kongo wiederzuentdecken.

Ein Blick auf die Zeitung verstimmte ihn noch weiter. Da stand in großen Buchstaben: „Explosion im Streichelzoo! Weltberühmter Haiku schreibender Orang Utan unverletzt“. Das war wirklich schade, fand der Professor. Vor langer Zeit war er gerne mit seinem kleinen Neffen dorthin gegangen, jedenfalls, bis seine Eltern sich scheiden ließen.

All diese kleinen Ärgernisse zusammen schafften es, Hartmann in eine gründlich schlechte Stimmung zu versetzen. Es sind die kleinen Dinge, die das Leben unangenehm machen, dachte er, denn die großen Probleme lassen sich wunderbar einfach ignorieren. Letzte Woche hatte auf einem Bauernhof vor der Stadt ein Mann seine Frau und eine Kuh getötet, um danach in aller Seelenruhe Steaks zu braten, aber regte ihn das auf? Nein! Er ereiferte sich viel lieber über das öde Klassentreffen, an dem er zu der Zeit versehentlich teilgenommen hatte.

Sich über die menschliche Psyche wundernd stand Ex-Professor Hartmann auf und ging zu seinem Aufzug. Mittlerweile hatte er sich selbst in eine schlechte Stimmung hineingesteigert, aus der ihn nicht mal das Schild im Aufzug mit der Aufschrift „Maximale Aufzuglast 1.300 Kilogramm oder 17 Personen“ wieder herausholen konnte. Darunter hatte er einen Zettel mit diversen Umrechnungen angebracht: 1.300 Kilogramm in Menschen, Elefanten, Kuchen. Das heiterte ihn eigentlich immer auf, heute allerdings nicht.

Der Aufzug brachte ihn in sein Laboratorium hinunter, das mit allerhand wundersamer, unverständlicher Technologie gefüllt war. Unablässig surrten Instrumente und blinkten Messgeräte, doch den größten Teil des Raumes nahm eine Maschine ein, die ein bisschen aussah wie eine Dusche: das Portal zur 6. Dimension. Tatsächlich bestand das Grundgerüst dieser Konstruktion aus der alten Dusche des Professors, da er gerade nichts anderes zur Hand hatte. Selbst nach seiner Entlassung verbrachte er hier oft Tage und arbeitete unermüdlich weiter. Manchmal kam er tagelang nicht heraus, dann fragte er sich hin und wieder selbst, ob er eigentlich keine anderen Hobbys habe.

Er hatte Glück im Unglück gehabt, denn obwohl er entlassen worden war, hatte er seine Forschungen, einem privaten Geldgeber sei Dank, nicht einstellen müssen. Jener Mensch hatte von seiner Arbeit gehört, war vorbeigekommen und hatte ihm finanzielle Mittel zugesichert. Nein, er war nicht einfach vorbeigekommen, erinnerte sich Hartmann. In einer seltsamen Kutsche, die von kleinen, schneeweißen Elefanten gezogen wurde, war er vorgefahren und hatte seinen Butler ausgesandt. Professor Hartmann fand diese zügellose Zurschaustellung von Reichtum eigentlich verachtenswert, doch die Exzentrik seines Gönners war sein wissenschaftlicher Nutzen. Ein klarer Fall von „der Zweck heiligt die Mittel“, wie er fand. Schließlich leistete er hier Bedeutendes.

Wissenschaftler beschäftigten sich schon lange mit der Frage, warum sich das Universum immer weiter immer schneller ausdehnt, wenn doch eigentlich die Schwerkraft der in ihm enthaltenen Materie diesem Prozess entgegenwirken musste. Sie entwickelten Theorien von dunkler Energie, die sie dafür verantwortlich machten, ohne genau benennen zu können, was das sein sollte.

Hartmann jedoch fand heraus, dass es sich dabei um die Schwerkraft der Materie aus der 6. Dimension handelte, die durch den Dimensionsübergang verkehrt wurde und unseren Raum dehnte, statt ihn zusammenzuziehen. Die 6. Dimension war seinen Überlegungen und Berechnungen nach eigentlich ein Hyperraum, der unter anderem aus dem normalen dreidimensionalen Raum I konstruiert ist, in dem wir leben. Dabei faltet sich unser gewöhnlicher Raum zu einer Achse des Hyperraums zusammen, bildet also die 4. Dimension. Dimension 5 und 6 sind die zusammengefalteten Räume II und III, die ebenfalls aus aus drei Dimensionen bestehen und von weiß der Teufel was bewohnt werden. In jedem handelsüblichen Multiversum bilden also immer drei ähnliche Universen oder Räume einen Hyperraum.

Hartmann nannte dies die „Tröpfchentheorie“, da die Hyperräume mit ihren dazugehörigen Subräumen wie Wasserdampf an der Oberfläche des Multiversums kondensierten und so gasförmige Möglichkeit zu flüssiger Realität wurde.[3]

3 In diesem Zusammenhang kann übrigens von der Unmöglichkeit als fest gesprochen werden.

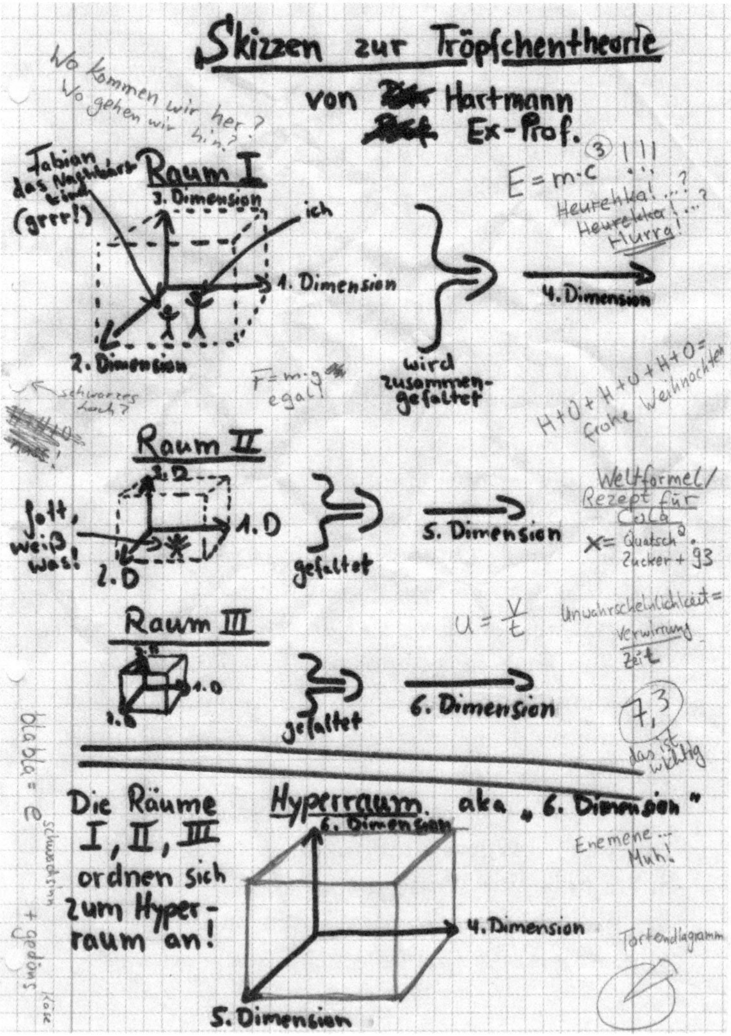

Skizzen zur Tröpfchentheorie
von [redacted] Hartmann
[redacted] Ex-Prof.
Wo kommen wir her?
Wo gehen wir hin?
Raum I
Fabian das Nachbarskind (grrr!)
3. Dimension
ich
1. Dimension
2. Dimension
wird zusammengefaltet
4. Dimension
E = m·c ③ !!!
Heurekka! ...?
Heurekka! ...?
Hurra!
F = m·g
egal!
schwarzes Loch?
H+O+H+O+H+O+H+O=
frohe Weihnachten
Raum II
3. D
1. D
2. D
Jott, weiß was!
gefaltet
5. Dimension
Weltformel/
Rezept für Cola
X = Quatsch² · Zucker + 93
Raum III
u = v/t
Unwahrscheinlichkeit = Verwirrung/Zeit
gefaltet
6. Dimension
7,3
das ist wichtig
bla bla = e
Schwachsinn + gedöns
Die Räume I, II, III ordnen sich zum Hyperraum an!
Hyperraum aka „6. Dimension"
6. Dimension
4. Dimension
5. Dimension
Enemene ... Muh!
Tortendiagramm

Um die Wahrheit zu sagen, verstand der ehemalige Professor seine Theorie selbst nicht – eine Qualität, die vielen Wissenschaftlern fehlt, denn nur, wer seinen eigenen Gedanken nicht folgen kann, der kann sie auch kritisch hinterfragen.

Wie er jetzt so vor dem Portal zur 6. Dimension stand, fiel ihm auf, dass es eigentlich ein Portal zum Hyperraum war, denn die 6. Dimension war ja tatsächlich der gefaltete Raum III des Hyperraumtröpfchens, in dem unter anderem wir leben. Stolz erfüllte ihn, als ihm klar wurde, wie weit sein Unverständnis für seine eigene Theorie reichte: beste Voraussetzungen. Er zuckte mit den Achseln, er hatte das Ding gebaut und die Idee des Hyperraumes entwickelt, also konnte er alles so benennen, wie es ihm gefiel, und er fand nun mal, dass sich: „Ich reise in die 6. DIMENSION!" wesentlich schnittiger anhörte als: „Ich reise in den Hyperraum".

Einen kurzen Moment schmeckte sein ganzes Unterfangen für ihn nach schlechter Science Fiction, doch Professor Hartmann schüttelte nur den Kopf und dachte: „Mach dich nicht lächerlich. Such lieber den Fluxkompensator." Als er ihn gefunden hatte, schlug er ein bisschen mit einem Hammer darauf herum. Einfach so. Um sich aufzuheitern. Schließlich waren Fluxkompensatoren zu nichts zu gebrauchen, außer vielleicht dazu, Flux zu kompensieren, doch daran bestand schlicht kein Bedarf. Mit dem Flux war alles in Ordnung, so wie er war, das zeigte ihm das Fluxmeter im Regal.

Wie kam er denn schon wieder auf den Flux? Es war Zeit für einen Testlauf des Portals! Nachdem Hartmann alles richtig eingestellt hatte, fragte er sich, was ihn in der 6. Dimension wohl erwarten mochte: Gott? Der Teufel? Oder etwas ganz anderes? Neugier und Forscherdrang erfüllten ihn.

Plötzlich störte ein Klingeln seine Konzentration. Die Türe! Das war bestimmt dieses Balg von Nachbarskind Fabian. Er würde nicht öffnen. Wahrscheinlich war es nur ein Klingelstreich oder eine brennende Papiertüte voll Hundekot. Dieser Bengel kannte die ganzen alten Tricks.

Entschlossen betrat er das, was früher mal seine Dusche gewesen, justierte die Regler für „warm" und „kalt" und wartete. Ex-Professor Hartmann hatte gerade noch so viel Zeit, sich zu fragen, wer eigentlich auf den Hund aufpassen sollte, den er im letzten Spanien-Urlaub aus Andalusien gerettet hatte[4], dann stürzte er in den Kaninchenbau ...

Als er wieder zu sich kam, raubte ihm die schiere Sechsdimensionalität des Raumes fast den

4 Generell werden Hunde in Spanien ziemlich schlecht behandelt, so wie auch in anderen Ländern der EU, aber um Himmels willen, machen Sie nicht denselben Fehler wie der Professor! Kaufen Sie keine Tiere im Urlaub aus Mitleid am Straßenrand, nur um dann zu Hause festzustellen, dass Sie überhaupt keine Muße und Zeit für ein Haustier haben. Überlegen Sie sich die Anschaffung genau und dann gibt es immer noch Tierrettungsorganisationen!

Verstand. Allein der Versuch, das visuelle Erlebnis des Ex-Professors Hartmann zu beschreiben, wäre blanker Irrwitz, weshalb es an dieser Stelle auch unterlassen wird. So viel sei gesagt: Hier und da flimmerten Fetzen des gewöhnlichen und anderer Räume vorbei, die in keiner örtlichen oder zeitlichen Verbindung zueinander zu stehen schienen, auch wirkten sie seltsam flach, als seien sie zweidimensionale Projektionen der realen Welt.

Langsam wanderte er durch das Wunderland, welches sich ihm darbot. Fasziniert ließ er seinen Blick schweifen, schon allein die Entdeckung der 6. Dimension würde ihm den Nobel- und alle anderen wissenschaftlichen Preise einbringen.

Erst jetzt bemerkte er, dass er in einem Haufen einzelner Socken stand, deren Partner fehlten. Oder waren sie der fehlende Part? Er vermochte es nicht zu sagen, sondern kämpfte sich weiter vorbei an einem Berg aus Autoschlüsseln, einem aus Hausaufgaben und vielem mehr. All die Dinge und der Raum selbst hingen, lagen, standen in unmöglichen Winkeln und Neigungen herum.

Professor Hartmann fand die Anwesenheit von Gegenständen, die zum Verschwinden neigen, äußerst albern und klischeehaft. Mit wild kreisendem Blick stieß der Professor gegen etwas Hartes. Vor ihm lag das Skelett eines Gurus, der sich wohl selbst in die 6. Dimension meditiert hatte.

Er stieg darüber hinweg und lief weiter. Seine Schuhe fraßen die Kilometer, als er über merkwürdige Ebenen, die keine waren, schritt, Täler durchquerte, die hätten Berge sein müssen, und sich dabei wie in einem Escher-Gemälde vorkam. Raum und Zeit schienen keine Bedeutung zu haben und doch strebte alles auf einen gigantischen, wild wuchernden Urwald zu, welcher eine zentrale Position an einem Ort einnahm, der strenggenommen jeder Vorstellung von Zentrik und Peripherie spottete.

Ganz zu schweigen von einfacheren Konzepten wie „oben" und „unten"! Es hätte einem eigentlich schlecht werden müssen in einer dermaßen absurden Raumstruktur wie der 6. Dimension. Der Trick an dieser Stelle war, wie so häufig, Ignoranz. Wenn man nicht darüber nachdenkt, dann muss man sich auch nicht übergeben.

Als der ehemalige Akademiker durch die vordersten, kleinsten Ausläufer des Dschungels stapfte, Planeten unter ihm vorbeiziehen sah, die plötzlich neben ihm und dann wieder schräg links auftauchten, und immer wieder jene merkwürdigen Projektionen des gewöhnlichen Raumes aufflackerten, fragte er sich, wie man aus dieser physikalischen Sensation Profit schlagen könnte. Diverse Ideen wie ein Vergnügungspark oder ein Feriendorf schossen ihm durch den Kopf. Jäh wurde er aus seinen Gedanken gerissen, als sich ein kleines Polygon von rechts nach links durch sein Sichtfeld bewegte. Es drehte sich um irgendeine seiner eigenen Achsen, aber anscheinend nicht mit oder gegen, sondern unter dem Uhrzeigersinn. „Paradox!“, rief Hartmann aus und schritt weiter durch die Gärten, die immer wilder und ungepflegter wurden, bis er schließlich die rankenbewährte Undurchdringlichkeit des Urwaldes erreichte. Es war wie eine Wand vor ihm, die sich nach einer prüfenden Berührung des Professors auftat und einen Pfad entblößte.

Dem Weg folgend staunte der Professor einen Bauklotz nach dem anderen, nicht nur setzte sich die völlige Absurdität der Räumlichkeit im Wald fort, nein, er war auch noch bevölkert von vielerlei Lebewesen. Über ihm flatterten Eulen mit Segelohren, auf dem Boden huschten Ratten mit Papageiköpfen und Senftuben anstatt Flügeln vorbei und durch das Unterholz raschelten Hirsche mit Fernsehantennen dort, wo, nach Hartmanns Empfinden, ihr Geweih hätte sein müssen.

Immer häufiger zogen jetzt Projektionen der Subräume vorbei. In einer sah er einen alten Mann, der einen kleinen Jungen anschrie: „Alles war aus Holz!“, dann verschwand das Bild wieder, nur um von einem anderen scheinbar aus einem der anderen Subräume stammenden ersetzt zu werden, in dem eine Kreatur, die halb aus Materie und halb aus Energie bestand, eine kleinere gleichartige Kreatur ebenfalls anschrie. Er verstand nicht, was sie sagte, aber offensichtlich hatte das kleinere Wesen gerade Hausarrest bekommen. Irgendwo schrieb ein Roboter ein Gedicht mit Tinte und Feder auf Pergament.

Professor Hartmann trat auf eine Lichtung hinaus, wo ein Bursche von knapp neunzehn Jahren an einem Lagerfeuer saß, hineinstarrte und gedankenverloren mit einem Stock darin herumstocherte. „Weißt du, was du da machst?“, fragte Hartmann. „Nicht wirklich, aber es scheint immer größer zu werden und außerdem macht es mir Spaß“, kam als Antwort zurück. Auf einmal bemerkte er, wie kalt es war, und streckte seine Hände dem Feuer entgegen. Eine Weile stand der Professor einfach so da.

„Setz dich, Hartmann“, sagte der andere schließlich, ohne aufzuschauen. „Woher kennst du meinen Namen?“, fragte er und nahm Platz.

„Die viel interessantere Frage ist allerdings, warum du keinen Vornamen hast.“

Der junge Mann raufte sich das zerzauste Haar und lächelte verlegen. „Das ist doch Unsinn!“, empörte sich der einstige Akademiker. „Jeder hat einen Vornamen. Ich heiße ...“ Doch es fiel ihm nicht ein. „Das ist doch Unsinn!“, wiederholte er sich. Sein Gesprächspartner applaudierte ihm.

„Du hast es erkannt, Professor. Aber schau einfach mal auf deinen Personalausweis.“

„Den hab ich doch gar nicht dabei“, gab der Akademiker zurück. „Doch, hast du.“ Er griff in die Tasche und fand tatsächlich seinen Ausweis: „Wie hast du das gemacht?“ „Schau mal, was unter Vorname steht.“ Hartmann blickte hinab und las: Vorname – Professor. Mit offenem Mund starrte er abwechselnd das Dokument und den Kerl jenseits des Feuers an.

„Tja, mein lieber Hartmann, ich muss gestehen, dass ich immer ein kleines Problem damit hatte, mir Namen auszudenken."

„Wer bist du?", fragte der Professor zurück und fixierte durch das Feuer ... mich.

Ich lächelte ihm zu und antwortete: „Noch nicht drauf gekommen? Ich bin der Autor." Professor Hartmann fiel aus allen Wolken.

„Autor wovon?"

„Na, dieses Buches."

„Du willst mir doch nicht erzählen, dass ich eine Figur in einem Roman bin."

Ich klatschte in die Hände: „Bravo! Du hast es verstanden, wobei ich es nicht als Roman bezeichnen würde – viel eher als Kurzgeschichtensammlung."

„Ich bin eine Figur in einer Kurzgeschichte?"

Entsetzen sprang ihm förmlich aus seinem Gesicht. „Und du bist nicht mal der Erste in diesem Buch, der dahinterkommt", winkte ich ab. Eine Projektion von zwei Männern, die in einem Haufen Schrott saßen und gen Himmel schrien, erschien. Plötzlich bewegten sich die Wände, was die beiden in Panik versetzte. Professor Hartmann sah es sich an und fragte: „Hast du dich ihnen auch offenbart?"

„Wie das schon klingt! Offenbart! Pah! Nein, das hab ich nicht. Ein Autor sollte nicht in der Welt seiner Figuren rumpfuschen ... Hm, das klang jetzt seltsam, aber du weißt, was ich meine. Immerhin musste ich dich erst in den Hyperraum holen, damit wir uns begegnen können."

„Ich bevorzuge den Ausdruck ‚6. Dimension', und außerdem bin ich ja wohl aus eigenem Antrieb hier, bitte schön!"

Ich stand auf und betrachtete mir meine Schöpfung, die auf ihrer Illusion von freiem Willen beharrte. Natürlich hatte ich ihm nicht gezeigt, wie ich es mit den beiden Männern in der Müllpresse enden ließ. Wie sollte ich ihm begreiflich machen, dass ich ihn hierher verfrachtet hatte.

„Kein Stück. Der Kerl, der deine Arbeit finanziert, Hartmann, stammt aus einer Geschichte mit dem Titel „Ein ganz normaler Tag im Leben des unglaublichen Jan Philipp Zymny – von Jan Philipp Zymny – also von mir"! Und die ist in der Ich-Perspektive verfasst. Schlussendlich bedeutet das nichts anderes, als dass du nur dank mir hierher gekommen bist."

„Aber das bedeutet, dass ich nicht real bin! Nichts von alledem ist real!"

„Und auch das haben die beiden Jungs in der Müllpresse schon vor dir erkannt", warf ich ein und versuchte, ihn durch ein weiteres mildes Lächeln zu besänftigen. Es half nichts, was mir absolut klar war. Ich ließ den ehemaligen Professor ein bisschen auf- und abtigern.

„Weißt du ..."

„Ja!" Natürlich wusste ich. Schließlich war er meine Schöpfung. Die ganze 6. Dimension, das Multiversum, alles, was darüber hinausging, existierte nur in meiner Fantasie und unterlag damit nicht nur meinem Wissen, sondern auch meiner Kontrolle. Das große Ganze diente nur deiner, werter Leser, und meiner Belustigung, wenn ich auch gestehen muss, dass die Geschichte für mich verständlicherweise kaum Überraschungen bietet. Der Ex-Professor ließ indes nicht locker.

„Das Schlimmste an der Sache ist nicht mal, dass ich ja von dir komplett determiniert bin, sondern dass ich mein ganzes Leben auf die Erforschung eines Universums bzw. Multiversums vergeudet habe, von dem ich jetzt erfahren muss, dass es gar nicht wirklich existiert! Ich glaube … nein, ich bin mir ziemlich sicher, dass das das Frustrierendste ist, was einem Wissenschaftler überhaupt passieren kann!"

„Genau, wie ich es beabsichtigt habe. Hey, weißt du eigentlich, dass ich in der richtigen, realen Welt gerade in Berlin auf dem Bett von 'nem Freund sitze? Er macht, glaube ich, irgendwas für die Uni … warte, ich frag ihn mal … ja! Irgendwas mit Mengen und Teilmengen und so was und ich sitze da und erdenke dich. Ist das nicht total unpoetisch? So richtig schön unromantisch?"

„Und die Verzweiflung deiner eigenen Figur interessiert dich natürlich kein Stück! Du selbstgefälliges Arschloch von einem Pseudoautor!"

„Jetzt pass mal auf, Hartmann! Über die Sache mit den Selbstbeleidigungen bin ich mittlerweile raus. Das gibt's hier im einen Text, das reicht dann auch. Und wenn ich will, dann schreibe ich dich einfach aus der Geschichte raus, dann war's das für dich! Außerdem bist du eh nur recycelt! Du stammst nämlich eigentlich aus einer Geschichte, die ich vor Jahren mal angefangen und nie fertiggeschrieben habe. Und soll ich dir noch was sagen? Die war nicht mal gut!"

„Das nimmst du zurück! Du Sau!"

„Beruhig dich mal wieder, Hartmann!"

„Nein!"

„Dann beruhige ich dich eben."

Der ehemalige Akademiker beruhigte sich und setzte sich wieder an das Lagerfeuer. Ich reichte ihm ein Heißgetränk seiner Wahl, wobei es überhaupt keine Rolle spielt, was das für eins war, weil es so oder so nicht seine Wahl gewesen ist.

„Pass mal auf, Hartmann. Das Ganze dauert hier schon viel zu lange, das muss auch mal fertig werden. Wie ich das sehe, haben wir nur eine Möglichkeit, aus der Nummer rauszukommen: Ich erzähle was über Gott und die Realität im Stil von Gott als Autor der Realität und dass er die Realität wenigstens so schreibt, dass es uns so vorkommt, als ob wir einen freien Willen hätten, was ganz nett von ihm ist. Dann müsstest du mich töten als Allegorie auf Jesus, der ja Gott auf Erden war und, um in der Autor-Metapher zu bleiben, damit als Autor in seinem eigenen Werk auftauchte und später von seinen Figuren umgebracht wurde ..."

„Das ist aber großkotzig. Da wärst du ja Jesus, Jan Philipp."

„Genau, uncool! Klingt außerdem nach pseudointellektuellem Blabla."

„Stimmt. Total bemüht, dann denken die Leute wieder: ‚Oh, da wusste er jetzt nicht, wie er das zu Ende bringen sollte.' Nein, Jan Philipp, ich hab eine andere Idee."

Professor Hartmann schritt um das Feuer herum und flüsterte mir etwas ins Ohr, so dass du, geneigter Leser, es nicht verstehen kannst, damit die Spannung aufrechterhalten wird – wenigstens noch ein bisschen. Ich dachte über seinen Vorschlag nach. Er schien mir vernünftig.

„Alles klar, Harti! Das machen wir!"

Wenige Wochen später, das heißt, für mich als Autor waren es nur Sekunden, schritt ich durch den Vergnügungspark. Nachdem Hartmann wieder in den für ihn normalen Subraum zurückgekehrt war, erzählte er allen Figuren von seiner Entdeckung und erklärte ihnen ihre Rolle im Buch, wie wir es verabredet hatten. Natürlich glaubte ihm zunächst niemand, doch als er sie einen nach dem anderen durch das Duschportal in die 6. Dimension und zu mir führte, ließen sich die meisten überzeugen.

Einzig die lyrischen Ichs aus den ernsten Texten im Buch wollten es nicht wahrhaben, wobei sie ihre Verzweiflung in weiteren, traurigen, ernsten

Texten verarbeiteten, die ich zwar im Kopf habe, aber nicht aufschreibe, denn das braucht wirklich niemand. Lyrik, die darüber rumheult, dass sie Lyrik ist.

Hartmann und ich modellierten binnen kürzester Zeit die 6. Dimension zu besagtem Vergnügungspark um, der ihm schon zu Anfang dieser Geschichte in den Sinn gekommen war. Für alle Figuren und Charaktere aus diesem Buch war etwas dabei: Peterchen und Karl-Theodor konnten nach Herzenslust weiter „Fight Club" parodieren, der Orang Utan brachte einen Gedichtband mit dem Titel: „Ugh! Ugh! Ugh! – metaphysische Betrachtungen" heraus und Hartmann traf endlich auf seinen alten Freund, Professor Schmitt-Bauer aus der Kongo-Geschichte. Es war ein großes Festival in meiner Fantasie.

Der Einzige, der nicht dabei war, war Eugen-Jonathan, weil ich ihn aus meinem Gedankenkosmos verbannt habe. Man lebt sich ja mit seinen Figuren auch auseinander.

Die allgemeine Sinnkrise darüber, dass sie alle nicht real sind, wurde von den Figuren übrigens dahingehend gelöst, dass man sich einig war, dass es ein absolut akzeptabler Sinn des Lebens für fiktionale Charaktere sei, dir, lieber Leser, Freude zu bereiten und dich zu unterhalten.

Ist das nicht schön?
Wie?
Du stehst nicht auf Happy-Ends?
Dann nimm dies!

Und hinter einem Hügel oder einem Tal, in der 6. Dimension lässt sich das halt nie wirklich genau sagen, ging die Sonne unter ... oder auf ... so seitwärts schräg ... aber auch ein bisschen rein ... Egal!

ENDE

HA! Zum Schluss noch den Sonnenuntergang rausgehauen! Fies kitschig, oder? ;)

Bei Lektora erschienen

Patrick Salmen

Das bisschen Schönheit werden wir nicht mehr los

In „Das bisschen Schönheit werden wir nicht mehr los“ blickt Patrick Salmen durch die Spalten von Tüllgardinen und sieht einsame Menschen vor Kaffeetassen, belauscht in Routine erstickte Frühstückskonversationen und erzählt von entzauberten Momenten der Zweisamkeit. Seine Helden klettern auf Kräne und auf Hochsitze, sind Kleingartenkartenspieler und Baustellenbesetzer, Kunstliebhaber und Vaterfiguren, und immer wieder sind es die verlorenen Seelen der Gesellschaft, die er eindringlich mal in lyrischer, mal in prosaischer Form beschreibt. Patrick Salmen erzählt Geschichten, die ihre ganz eigene intensive Stimmung erzeugen und beim Leser mehr als einmal in der Erinnerung nachklingen.

Nach seinem erfolgreichen Debüt „Distanzen“ und dem Nachfolger „Tabakblätter & Fallschirmspringer“ ist „Das bisschen Schönheit werden wir nicht mehr los“ Patrick Salmens dritte Buch-Veröffentlichung.

ISBN 978-3-95461-009-9
12,00 Euro

www.lektora-verlag.de/shop

Hidden Track

Huch? Ein Hidden Track? In einem Buch? Ganz recht! Zum Abschluss möchte ich noch den Blick in die Zukunft wagen und ein Fragment präsentieren, das sich mit dem angeblichen Ende der Welt am 21.12.2012 befasst.

Ich will nicht behaupten, dass ich die Ereignisse in meiner Vision gesehen hätte, aber ... doch!

21.12.2012

Seit den frühen Morgenstunden standen wir an der Straßenecke und staunten. Die ganze Nacht hatten die Highlander auf ihren Haggis „Poker Face" von Lady Gaga gespielt, doch erst der Sonnenaufgang offenbarte die volle Tragweite der Ereignisse. Nicht nur hatten sich schlagartig alle Geschäfte in Ein-Euro-Ramsch-Läden verwandelt, sondern auch alle Senioren in Gelstifte und ähnliche Büroartikel.

Die erste Reaktion der Allgemeinheit bestand darin, Roland Emmerich zu erschlagen. Niemand wollte jetzt ein „Ich hab's euch doch gesagt!" von ihm hören. Uns war, als trügen wir alle Getreidemühlen auf den Köpfen und als wüchsen uns Kindergärten unter den Fingernägeln.

Gegen fünf Uhr tat sich das Erdreich auf, um uns mit siedend heißem, aber perfekt durchgezogenem Rooibostee zu überfluten, der Himmel bespuckte uns mit Batterien und Döner.

Ziemlich enttäuscht gingen wir lieber wieder ins Haus. So hatten wir uns den Weltuntergang nicht vorgestellt.

Bei Lektora erschienen

Patrick Salmen & Quichotte

Du kannst alles schaffen, wovon du träumst. Es sei denn, es ist zu schwierig.

Lang ersehnt, endlich in Buchform: Die literarischen Rätsel.

Die bekannten Slam-Poeten Patrick Salmen und Quichotte laden ein zur literarischen Rätselweltreise. Auf jeder Etappe der 111 absurden Rätselgeschichten wartet ein neuer „Aha-Effekt". Immer getreu dem Motto „Einfach zu lernen, schwer zu meistern" ist jedes Rätsel eine eigene kleine Herausforderung.

Zum Prinzip dieses Spiels: Die Leerstellen in den Geschichten dieses Buches gilt es sinngetreu durch einen geografischen Begriff auszufüllen. Die Antworten der Rätsel finden sich in Spiegelschrift und auf den Kopf gedreht auf der jeweils folgenden Seite. Die Rätsel sind nach Schwierigkeitsstufen von 1 bis 5 geordnet.

Beispiel (Schwierigkeitsstufe I):

„Hast du mal eine ruhige Minute?", fragte die Katze den Hund, der just in diesem Moment am Gartentor dem Postboten auflauerte.

„Nein", erwiderte dieser, „ich ____ ____."

(2 Silben) Antwort: Belgrad – bell grad

ISBN 978-3-95461-014-3
9,90 Euro

www.lektora-verlag.de/shop

Bei Lektora erschienen

Sebastian 23

Das Schiff auf dem Berg

Sebastian 23 ist heute ein recht bekannter Poetry-Slammer, Autor und Komiker. Das war aber nicht immer so. Es wird viele überraschen, aber früher war er sogar einmal ein Kind.

Sein neues Buch „Das Schiff auf dem Berg“ handelt von dieser Zeit. Genauer gesagt, von einem rätselhaften Traum, den er als Kind immer wieder hatte. Mit nichts als einem Lächeln im Gepäck macht sich Sebastian 23 auf die Suche nach dem Ursprung dieses Traumes und entdeckt einen kleinen Jungen mit dem Kopf voller Flausen und den Händen voller Nutella-Brote.

In zwölf Episoden umtanzt Sebastian 23 in „Das Schiff auf dem Berg“ die lustigen, tragischen und schlicht verrückten Dinge, die eine Kindheit so ausmachen: Vom Sandkasten über das Klettergerüst direkt in den ersten Liebeskummer und zurück. Und hinter allem steht die große Frage, was unsere Träume für unser Leben bedeuten. Entlang des Weges finden sich dabei überraschende Antworten auf weitere wichtige Fragen: Wieso klettert jemand auf ein Dach, um nicht im Regen zu stehen? Wie doof sind eigentlich Deutschlehrer? Wie isst man unter Wasser Schokolade?

ISBN 978-3-938470-96-1
€ 6,00

www.lektora-verlag.de/shop